名偵探莫雷

偵探的推理對決

陳啟峰 著

名偵探莫雷・偵探的推理對決

作者 | 陳啟峰
責任編輯 | 卓希雪
美術設計 | 陳詩韻
插圖 | 葉巧兒
出版發行 | 突破出版社
香港沙田亞公角山路 33 號突破青年村
電話：2632 0000　傳真：2632 0388
電郵：breakthrough@breakthrough.org.hk
網址：http://www.breakthrough.org.hk
http://www.btproduct.com
承印 | 陽光（彩美）印刷有限公司
2023 年 11 月初版 1 刷

Detective Morey・Reasoning Duel

by Chan Kai Fung
First Printing, First Edition, November 2023

Printed in Hong Kong
ISBN 978-988-8562-93-0

誠邀閣下就突破出版社的書籍發表意見

歡迎加入突破書籍 Facebook page — http://www.facebook.com/btbooks.page

本書採用環保油墨印刷

成長文學

目錄

自序

每一次閱讀，都是一場冒險。

每一次創作，也是一場冒險。

第一篇是偵探與怪盜的互動，第二篇是偵探之間競爭與合作，這正好反映了偵探世界中的現實。當你翻開這本書的時候，你將踏上一段充滿挑戰和探索的旅程。一個更豐富，更曲折，更令人回味的故事世界正在等待着你。

在這篇故事中，我設計了更多的難題和挑戰，希望透過這些難題，讓讀者體驗到克服困難、追求夢想的過程。然而愈有趣的難題，對作者的要求便愈高，也愈需要仔細端詳，因此我才說，每一次創作，對作者而言同樣是一場冒險。

創作這本書的過程並非一帆風順。我曾多次面臨挫折，設計的難題屢次不合理或者不完美，但我從未放棄，如同故事中的主角一般。或者我們會遇到不同的困難，但只要堅持到底，必定能夠成功。我堅持着夢想，堅持創作，堅持對讀者的承諾。一次又一次地修改、優化、創新，直到每一個難題都能達到我期望的標準，直到每一個挑戰都能體現出我想要表達的理念。

感謝讀者們選擇這本書，感謝你們和我一起踏上這段旅程。

陳啟峰

名偵探公會的10大守則

1 永遠保持冷靜和理性，不要讓情緒影響你的思考和判斷。

2 始終保持專業態度，尊重他人的權利和隱私。

3 永不放棄，即使面對困難和挑戰，也要堅持不懈地追求真相。

4 深入了解案情和人物，並對每一個細節進行仔細的分析和思考。

5 保持開放的心態，不斷學習和探索新的方法和技能。

6 始終保持警惕，注意周圍的環境和人物，並注意任何可能的線索。

7 始終保持溝通和協作，與別人建立良好的關係，以便更好地解決案件。

8 始終保持正直和誠實，不要讓任何外在因素影響你的行為和決策。

9 保護你的研究和調查，確保你的訊息和證據得到妥善保管和保密。

10 保持良好的倫理標準，不要做任何可能影響你的專業形象和聲譽的行為。

1 神探之眼

掛在牆壁上的告示，
記錄了各種未破解的案件，
等待着有能力的偵探來找出真相。

「叮——啷啷——叮叮——」

火車連續趕了五日四夜，終於在一座偌大的城市停了下來。從城門外聽見悠揚悅耳的音樂聲，是從廣場傳來的。

「嘔——」名偵探莫雷此刻卻沒有心情欣賞。因為他這五日四夜都在吐。

「先生，真沒想到你暈車這麼厲害。」同車的威廉爵士早已習慣了。

「我……我……」莫雷還未說兩句話，又再一次吐了出來。過了一會兒，他才緩一口氣，說：「以後不再坐火車了。」這句話莫雷說過不下數百次。

就在一個星期之前，威廉爵士收到了一封來自名偵探公會的邀請函，想邀請來自世界不同城市最聰明的偵探來到名偵探公會總部，競逐最聰明偵探的頭銜。莫雷抱着期待和興奮的心情答應了。而作為推薦人的威廉爵士也需要陪同莫雷來到這座大城市。

好不容易等到莫雷恢復過來，威廉爵士向守門人展示了自己的身分和邀請函，然後兩人便踏入了這座世界聞名的偵探之城。

莫雷的腳步踏上了偵探雲集的大城市，他的眼前展現出一幅繁華鬧市的畫作。這裏的建築風格充滿了十九世紀的維多利亞風格，宛如從某個英國小說中走出來的一般。這裏可以說是偵探的發源地，莫雷深深感受到一股濃厚的偵探氣息，內心無比激動。

同行的威廉爵士來過這座城市數次，對這裏的一切都耳熟能詳。他帶着莫雷穿梭在狹窄的街道上，介紹着這座城市的來龍去脈。城市中的商店各具特色，有售賣各式各樣的偵探用品的「神秘小舖」，也有供偵探們休憩交流的「謎語咖啡館」，這裏的一切一切，統統吸引住莫雷的注意力，不愧是偵探們的夢想之城。

在城市內參觀了一會後，威廉爵士帶着莫雷走進了一家名為「神探之眼」的商店。這間小店的所在地很偏僻，一般人是難以找到的。

「這是我一位朋友開的商店，裏面的商品應有盡有，包你意想不到。」威廉爵士一邊帶路一邊興奮地説道。

「神探之眼」位於城市的一個隱密角落，外觀並不起眼，然而一旦走進這家店裏，便會被它獨特的氛圍和豐富的貨品所吸引。店鋪的門口掛着一副巨大的銅製眼鏡，眼框呈等邊三角形，中間是一雙眼睛，象徵着洞悉一切的偵探之眼。

推開門後，店內的空間不大，但卻利用得恰到好處。牆壁被漆成了深棕色，懸掛着各種古老的地圖和新聞剪報，營造出一種古老和神秘的氛圍。高高的書架放滿各種偵探小說和推理手冊，從最經典的艾瑪·蘭斯頓的作品，到現代的推理小說，應有盡有。

「神探之眼」的燈光昏黃而柔和，映襯燈光下明暗交錯的書頁。店內的空氣中瀰漫着濃厚的書香和淡淡的木質香氣，讓人仿佛置身於一個充滿智慧和謎團的世界。四周的陳列櫃上，放着各種偵探道具。這些道具設計精巧，有的是古典風格，如手持式放大鏡、舊式手槍模型等；有的是現代風格，像是指紋採集器、隱形墨水筆、微型聽音器等等。

店裏的一個角落吸引住莫雷的視線，那裏有一個小巧的工作室，供顧客現場訂製自己需要的道具。這裏有各種工具，包括雕刻刀和鑽頭，甚至還有一個小型的化驗室，可以進行各種化學實驗。大城市在偵探道具方面的發展，已經遠超了莫雷的想像，要是有這些道具的協助，定能更輕易破案。

欣賞這些神奇的道具時，莫雷又被牆上的羊皮紙吸引了目光。掛在牆壁上的告示，記錄了各種未破解的案件，等待着有能力的偵探來找出真相。這些告示不僅是店裏的裝飾，更是一種挑戰，挑戰着每一位踏入店裏的偵探，也可見店主對於這些推理難題的喜愛。

收銀處的上方掛着一個老舊的木製櫃子，位置十分醒目。櫃子上掛着一個銅製的小鎖，鎖上刻着一個眼睛的圖案，跟店外的圖案是一樣的，不過只有半邊眼睛。這個木製櫃子裏面藏着什麼，只有老查理知道。不過，每當有人問起這個木製櫃子的時候，他們都會神秘地笑笑，然後說：「那是給真正的偵探看的。」

威廉爵士甫踏進大門，便不顧形象，提高嗓子大聲叫喚：「老查理，你在哪？」

此時，倉庫內響起了「碰碰」的跌碰聲。不一會兒，一位滿身灰塵的老漢便出現在莫雷眼前。

「真的是你？真的是你！」這位「老查理」以難以置信的聲音重複着，兩位老朋友相聚，場面尤為感人。

「我們多久沒見了？五年？七年？」老查理說着。

「我去年來過一次，但那時候你不在。我們應該有五年沒見了。」

威廉爵士緊緊握着他的手。

「天哪，是什麼風把你吹過來了？怎麼就不告訴我一聲？讓我煮些好的給你吃。」

聽到個「吃」字，威廉爵士馬上臉有難色，看來是怕了這位老查理的手藝。威廉爵士馬上轉話題：「這次也來得比較急。為你介紹一下，這位是我們偵探市的名偵探——莫雷。」威廉爵士把莫雷介紹給老查理認識，並說道：「你應該知道吧，這幾天將會舉辦名偵探的競賽，我就是帶這位先生過來參賽的。」

「原來如此……」老查理托了托陳舊的眼鏡，打量了莫雷一番。在他看清楚莫雷的樣子那一刻，雷一般的感覺打在他的身上。他以為自己不可能再看見「那個人」了，他簡直不敢相信眼前這個人，長得真的太像了。

「你說你的名字是……？」老查理無法控制自己的好奇心，他需要確定自己的直覺，他連聲音也變得顫抖。

「我叫莫雷。」聽見年輕人的聲音，老查理心中的疑惑瞬間確認。這個聲音，簡直和「那個人」一模一樣。

「你……年輕人，可以告訴我你的全名是……」

「莫雷．戈爾。」莫雷堅定地說出了自己的全名。

「戈爾……果然是戈爾……你就是『孤狼』的……」老查理開始自言自語，「果然是他，簡直一模一樣。」老查理知道這種感覺不會錯，因為莫雷就是他多年前的朋友的兒子，他的面容和他父親如出一轍。

在那一刻，老查理的心如同被重擊，他的呼吸瞬間變得急促。他想要說些什麼，但是他的喉嚨卻像是被什麼東西堵住了，讓他說不出話來。他想到了那些陳年老事，更回憶起那些不愉快的過去。

他看着莫雷，心中充滿了疑問和驚訝。他怎麼會在這裏？他怎麼會找上門來？他知道關於他父親的事情嗎？他的心中充滿了擔憂和不安，他不知道該如何面對這個突如其來的情況。

在莫雷的眼中，老查理似乎陷入了沉思，他的眼神裏閃爍着一種從未見過的光芒。他看着老查理，心中充滿了疑惑。他看起來似乎知道一些什麼，但又好像有點害怕說出來。

「你似乎知道我父親的事？」莫雷無法忍受這種沉默，他需要知道老查理到底知道些什麼。

老查理抬頭看着莫雷，他的眼神充滿了疑惑和驚訝。他沒有回答莫雷的問題，但他的沉默已經說明了一切。這個孩子，跟他的父親一樣，擁有一雙能夠洞察人心的眼睛。對了，莫雷似乎還不知道，「神探之眼」這個店的名字，當初就是他的父親起的，連店外的招牌銅製眼鏡，也是老查理為了紀念他的父親而親手打造的。

在那一刻，莫雷知道他終於找到了一個可以解開他疑惑的人。這些年來，他一直在打探父親的消息，可是父親自從那天開始，像是人間蒸發了一般，就連他過去的事跡也打聽不了。莫雷真沒想到自己居然會在這裏遇上父親的舊友，真是皇天不負有心人。莫雷的心中充滿了期待和希望，他知道老查理能夠給他答案。

然而，老查理卻不知道該如何開口，他害怕他的話會帶來什麼後果。他知道有些事情不應該讓莫雷知道，這對莫雷而言不會是一件好事。然而，他卻很明白莫雷心中的着急和無助。他看着莫雷，心中充滿了憂慮和矛盾，他不知道該如何面對這個情況。

「你……你是來參加名偵探競賽的嗎？好，真好，真的太巧合。等你獲得名偵探的頭銜，我就告訴你想知道的事情吧！」老查理說。莫雷露出了難以置信的表情，終於……他終於能夠知道父親的過去，這也是他成為偵探的目的。

「對了，說到那個比賽，我介紹一個人給你認識吧。」

「小倫，過來一下！」老查理用沉厚的聲音大叫。

在這個充滿神秘和驚奇的「神探之眼」商店裏，一個年輕的身影在背景中靜靜地站在莫雷和威廉爵士面前。他就是老查理的徒弟，名叫艾倫，是一個發明偵探道具的天才。

艾倫看上去年紀不過二十出頭，但他的眼神卻充滿了成熟和智慧。他臉龐俊美，銀灰色的頭髮在燈影下閃爍着微光，增添一份神秘的美感。他總是穿着一件黑色的長袍，腰間繫着一條銀色的腰帶，身材苗條，肌肉卻十分結實。

艾倫是老查理的養子，由老查理一手帶大，把老查理當成自己的父親。艾倫受到老查理的影響而迷上偵探道具，從小就跟隨父親在「神探之眼」裏學習，他的天賦很快就被老查理發現。艾倫對偵探道具有着深厚的興趣，並且總能提出一些創新的想法。他的技藝甚至超越了老查理，讓老查理感到驚訝同時也備感欣慰。艾倫的作品不僅功能新穎，而且設計精巧，深受城內偵探們的喜愛，有一定的名氣。

艾倫的智慧和才華不僅僅是在偵探用品的製作上，他的推理能力也十分出色，總是能將看似無關的線索串聯起來，找出問題的答案。他對偵探的理解和對道具的精通，讓他在偵探界獨樹一幟。老查理看中了艾倫這一點，所以想辦法推薦他去參加這次的名偵探競賽，希望他可以在云云偵探之中打出個名堂來。就算不能，能夠向來自世界各地的偵探學習，也是個難能可貴的機會。

然而，老查理卻認為艾倫這小子有一個「缺點」。他不喜歡炫耀自己的才華，而是喜歡在背後默默地工作，專注於他的創作。因此，這小子並沒有什麼朋友。除了這個父親外，他幾乎不跟其他人交流。老查理希望透過這次比賽，讓這小子開開眼界，認識幾個朋友。

莫雷第一次看見艾倫，眼裏充滿了驚訝和好奇。他能感覺到艾倫身上散發出的獨特氣質，和他自身的智慧和才華。

艾倫走到莫雷面前，他微微一笑，然後向威廉爵士和莫雷打了個招呼。他的聲音低沉而有磁性，語調悠然自若。

「你好，我是艾倫。這支筆是我剛剛完成的新作品，希望你喜歡這份見面禮。」艾倫有禮地説道，並遞上一支藍色的鋼筆給莫雷。

「這是他的最新作品，他將傳統的墨水筆與現代科技完美結合，創造出這支使用消失墨水的筆，在特定光源下才能看見的隱形字跡。」老查理在一邊介紹着。雖然這支筆仍未發售，但他有信心這將會成為市場的熱銷品。

莫雷驚訝地看着艾倫，他沒想到這支筆的創造者竟然是這麼年輕的一個人。他對艾倫表示出了欽佩和讚賞。他們聊了一會兒，然後艾倫留下了他的聯繫方式，表示如果莫雷對他的作品有什麼問題，可以隨時找他。除了隱形墨水筆外，艾倫還一一向莫雷介紹店裏的不同產品，如：

多功能手錶：這款手錶除了時間顯示之外，還內置羅盤、測距儀、照明燈等多種工具，適合戶外追蹤或者夜間行動。

微型聽音器：這是一種極小的、可以隱藏在各種物體中的聽音器。這是艾倫的其中一項發明品，它可以將聲音無線傳送到一定的距離，既可以用作秘密監聽，又可以用來互傳訊息。

解謎遊戲：這是一種訓練偵探思維的遊戲，通過解開各種謎題，可以提升偵探的推理和解決問題的能力。

偵探手冊：由名偵探公會編輯的偵探工作手冊，詳細介紹包括如何尋找和分析證據，如何進行有效的訪問，對於偵探來說是一本必讀的書籍，幾乎每間偵探用品店都可以看到這本偵探手冊。

莫雷留意到在店的角落有一個神奇的方形儀器，這是他從沒見過的，他第一眼便直覺覺得這個方形儀器不是個普通東西。

艾倫隨莫雷的視線看去，他臉上難得露出了驚喜的笑容，沒想到這個陌生人如此「識貨」，於是艾倫上前介紹：「這是一個干擾器。」

「干擾器？」莫雷倒是第一次聽到這個名稱。

「是的，這是我起的名字。」艾倫仔細地指出這個干擾器不同結構，說：「我從一架郵輪殘骸找到這個盒子，它的內部結構十分複雜，似乎能夠影響一些機械的運作。」

艾倫拿着方盒對着店裏的機械鐘轉了幾圈，機械鐘居然停擺了轉動。艾倫繼續解釋：「我也不知道這個干擾器的真正用途。但是經過我的維修和改裝後，它似乎能夠影響機械的運作。」

「原來如此……」莫雷真的很佩服這位天才少年發明家，他很想買一個回去，然而艾倫卻說干擾器仍未完成，等他徹底研究好後，便可以大量生產。

最後，莫雷在「神探之眼」訂製了一套偵探風衣。這款風衣不僅時尚，還內含多個隱藏口袋，可以隨身攜帶各種小型偵探工具。而且，風衣的內襯還有一層防彈材料，可以提供一定的保護。

這時候，威廉爵士和老查理也聊得差不多了，威廉爵士婉拒了老查理晚宴的邀請，並說明天再來找他。結帳後，威廉爵士對莫雷說：「我們去『謎語咖啡館』喝杯咖啡吧，那裏可以聽聽這裏的偵探們談論案件。」莫雷覺得很新奇，馬上點頭同意，於是兩人帶着滿滿的收穫，走進了那家充滿謎題與驚喜的咖啡館。

夜幕降臨，城市的燈光璀璨奪目，還有猶如銀河中的星光。只是莫雷仍未知道，在這美麗的夜色之下，某些不可告人的計劃即將發生。

2 洞察之鷹

我藏匿在影子之中，
等待破曉之光。

第二天，一個陽光明媚的早晨，來自世界各地的偵探們終於齊聚一堂，參加這場盛大的偵探競賽。莫雷從威廉爵士手上接過邀請函，威廉爵士辦了一系列手續，送莫雷上車後，自己便回到「神探之眼」找老查理聚舊。於是，莫雷獨自一人前往名偵探公會——一幢古老的宅邸，座落在一片綠意盎然的林地中。

距離預定時間不到半小時，偵探們陸續抵達宅邸，他們在等待比賽開始的時間裏，互相交流着心得和經歷。一些年輕的偵探好奇地詢問着前輩們的成名案件，老前輩們也樂於與後輩們分享他們的經歷和故事。

偵探公會共有三十七個分會，遍佈世界各大城市。公會的成員來自各行各業，有退休的警察，有專業的犯罪心理學家，也有來自街頭巷尾的業餘偵探。他們各自擁有獨特的技能和經驗，共同為解決案件和維護公正而努力。公會的成員經常交流各自的見聞和經驗，公會會定期舉辦各種講座和訓練活動，以提升成員的偵探技能。

公會的一個重要功能是接受和分配案件或委託。當有人需要偵探的幫助時，他們會向公會提出請求。公會根據案件的性質和難度，選擇適合的成員進行調查。這種做法不僅可以保證案件順利解決，也可以避免偵探們之間的惡性競爭。

「名偵探公會」具有一套完善的職級制度，公會成員可以通過完成案件或者參加公會的考核來晉升職級。職級愈高，能接觸到的案件難度愈大，也能享受到更多的公會福利。簡單分類如下：

初級偵探：新加入的會員，需要在經驗豐富的偵探指導下進行案件調查。

中級偵探：完成一定數量的案件並通過考核後，會員可以晉升為中級偵探，可以獨立進行案件調查。

高級偵探：在中級偵探的基礎上，完成更高難度的案件並通過嚴格的考核，會員可以晉升為高級偵探，接觸到更高難度的案件。

偵探大師：這是最高職級，只有在公會內極負盛名，並對偵探事業有着重大貢獻的偵探才能被賦予此職級。

公會會接收到來自各方的案件委託，這些案件會根據難度和需求被分級，然後由公會根據偵探的職級分配。偵探也可以根據自己的能力和興趣選擇接受案件。

莫雷此刻踏足的這個地方，正是所有偵探夢寐以求的：公會總部。莫雷剛剛到達，就看見門後聚集了男女老少不同的偵探，他們在互相認識。一位女偵探與一名年輕的偵探交流道：「你知道嗎？我聽說這次比賽的主辦方可是花費了極大的心血來設計每個關卡，我猜其中一定不乏一些奇思妙想，讓我們大開眼界。」

年輕的偵探興奮地點頭，回應：「是啊，我也很期待比賽能讓我學到更多新的技巧。對於這次比賽，我總覺得主辦方一定會安排一些意想不到的情節，讓我們驚歎不已。」

與此同時，一位風度翩翩的老偵探微笑着，以一種指教的語氣說：「我的年輕朋友，每一次的比賽都是一次成長的機會。無論最後結果如何，我們都能從中汲取經驗，變得更加強大。」

女偵探同意地點頭，表示：「的確，對我來說，能夠與你這樣的前輩同台競技，就已經是一種榮幸。我希望能在這次比賽中學到更多。」

宅邸裏的氣氛愈來愈熱烈，偵探們興奮地談論着各式各樣的案件，互相猜測着比賽的具體內容。莫雷則在一旁靜靜地聆聽，心中暗自揣摩着各種可能的情景。

就在這時，主辦單位的負責人終於宣佈比賽正式開始。一把女性的聲音響徹了整個大廳：「現在，讓我們歡迎這次競賽的負責人，享譽全球的偵探之王——亞瑟．道爾。」偵探們緊張地喘息，心情澎湃，他們期待已久的比賽終於來臨。

主辦單位的負責人亞瑟．道爾是公認的偵探之王，他獲獎無數，解決過的案件更是叫人歎為觀止。在這場比賽中，他不僅是主辦方的代表，更是所有參賽者心目中的偶像和楷模。

過了一會兒，什麼也沒有出現。然而，伴隨着激昂的音樂，幾道綠色的光影投射到四面牆，牆上顯示出密密麻麻的數字和不同語言的文字，形成了一堵堵「密碼牆」，似乎是要人在這當中選出正確的答案。此時，一個神秘的謎題突然出現在了大屏幕上，引起了所有人的注意。瞬間，現場氣氛瀰漫着懸疑和期待。

這個神秘的標誌由兩個部分組成。首先是一個宛如指南針的圖案，中心是一個八角形，象徵着八個不同的方向。八角形的內部則描繪着一副放大鏡，代表偵探對細節的觀察與追求。此外，放大鏡上交錯着一串錯綜複雜的密碼，它們在一起形成了一個迷宮般的圖案，象徵着探求真相的過程充滿難題與挑戰。

在比賽開始之際，這個標誌作為一個符號謎題，成為了眾人熱切討論的焦點，這僅僅只是這班名偵探們的「前菜」。謎題的提示是：「將迷宮解開，真相即將現身。」參賽者們須要仔細研究這個標誌，找到隱藏在迷宮中的通道，並按照指南針的指示，解開密碼。

連出場的方式也是如此特別，不愧是名偵探公會！莫雷仔細觀察這個綠色的圖案，馬上發現在迷宮圖案中，某些線條的寬度略有不同，組成了一條隱蔽的通道。通道的終點指向了八角形的一個角落，而該角落則寫着一串數字：1776。

按照圖案的指示，與這個通道的方向相對應的是大廳的正中央，也就是台上的位置。偏偏那個地方沒有被投影密碼牆。「難道是猜錯了嗎？」莫雷心中想。不會的，他再重新推理一次，答案還是一樣，就是1776。

這個時候，莫雷發現了台的正中央有一個標誌，那正是名偵探公會的徽號，圖案下方寫着「1776」，正是名偵探公會的創辦年份。

那便是答案！

莫雷解開了答案，可是那個標誌的位置很高，他走近一看，嘗試跳了兩下，還是觸不到。這個時候，一個矯捷的身影在他身旁掠過。一步、兩步，便一躍而上，單手拍在名偵探公會的徽號。隨即，舞台上的燈光突然亮起，如同千萬顆閃爍的星星，照亮了整個空間。那個男子的身影在燈光中格外使人眩暈，他的輪廓綴着金邊，像是被光照耀的神祇。

那個身影，赫然就是艾倫！

他的臉龐俊美，一雙深邃的眼睛下是一副挺直的高鼻，充滿男性魅力。他的嘴角常常帶着一抹微笑，仿佛在說：「我看穿了你的秘密！」他的皮膚黝黑，與他那頭銀灰色的頭髮形成鮮明的對比。

隨着他的身影落下，一陣激昂的音樂響起，大門緩緩打開。在璀璨的光芒中，亞瑟帥氣地登場，他的眼神堅定，嘴角上揚，散發着迷人的魅力。他的穿着簡單而優雅，一身黑色西裝，襯托出他的英俊氣質。

他一邊走向台前，一邊道：

「我藏匿在影子之中，等待破曉之光。」

亞瑟·道爾的神秘進場，無疑為這場比賽生色不少，也讓他在偵探們心目中的形象更加傳奇。

亞瑟·道爾是名偵探公會的傳奇人物，他的名字就像一串神秘的符號，引起人們的無盡遐想。亞瑟身材高大，肩膀寬闊，就像一座不可撼動的山。他的臉龐刀削般俊美，古銅色的皮膚透出健康的光澤。他的眼睛深邃而充滿智慧，猶如夜空中的繁星，讓人無法移開視線。

亞瑟·道爾被偵探稱為「洞察之鷹」，與「藍鳳凰」艾瑪·蘭斯頓、「孤狼」托馬斯·戈爾都是公會劃時代的傳奇人物，被稱為「曉光三人」，主宰了這個世紀的偵探故事。

亞瑟出生於一個舊貴族家庭，從小就被家族的期待和責任環繞。

1776

然而，他並未被這些壓力擊敗，反而鍛煉出堅韌的性格和聰明絕頂的智慧。他的天賦被名偵探公會看見，在十五歲的時候就被邀請加入了公會，十八歲成為偵探大師，開始了他的偵探生涯，這是公會傳奇性的故事。前無古人，後無來者。

亞瑟也有着極其強大的領導力，他的每一次決策都充滿了勇氣和智慧。他的言語總是能打動人心，他的行動總是能激勵人們。他的存在就像一座燈塔，引導着偵探們前進。

亞瑟．道爾不僅僅是一個偵探，他更是一個傳奇。他的故事，他的名字，他的形象，都已經深深地印在了每一個偵探的心中。他的存在，就是偵探們的光榮，他的形象，就是偵探們的夢想。他的名字，就是偵探們的驕傲。

此時，這個傳說中的人物——亞瑟．道爾居然就出現在自己的眼前。所有在場的偵探，包括莫雷，都屏着呼吸，仔細觀察亞瑟的每一個動作。亞瑟走到舞台中央，瞪大了眼睛，掃視着在場的所有偵探。他的目光犀利，仿佛要把每個人的心事都看穿。在他的目光下，偵探們紛紛感受到一股壓力，不自覺地站得更加挺拔。

亞瑟滿意地望着眾人，目光中流露出對這場挑戰的期待。他向第一個解題的偵探點頭微笑，表示對其才能的認可。亞瑟清了清嗓子，然後用一把響亮而激昂的聲音開始了他的致辭：

親愛的偵探們，歡迎各位來到這場盛大的偵探比賽！

我是亞瑟·道爾，本次活動的主辦者。在此，我要向各位表示衷心的感謝，因為有你們的參與，這場比賽才能顯得如此熱鬧與有趣。

偵探們，今天我們聚集在這裏，是為了尋找偵探界的翹楚，一場激烈的競爭即將展開，你們將在這裏以智慧為武器，展開一場激烈的戰鬥，角逐尊貴的名銜。我相信，每一位來到這裏的偵探都擁有過人的智慧與觀察力。我們將見證無數精彩的案例破解，也將了解到各位偵探在緝兇過程中所展現出的獨特風格。

在這場比賽中，我們將會測試各位偵探的洞察能力，從微妙的線索中找出真相。我們期待你們在比賽過程中展現出最高水平的推理能力，並在這場競爭中爭奪偵探界的第一名。

祝各位好運，比賽即將開始！

在亞瑟的歡迎辭結束後，氣氛突然變得緊張。眾人的目光聚焦在舞台上，等待着這場盛大比賽的正式開始。在工作人員的引導下，偵探們陸續離開座位，踏上了通往挑戰的道路。

進入等候室的一剎那，每位偵探都感受到了這次比賽的隆重與莊嚴。等候室裝潢得典雅而有氣派，高高的天花板上懸掛着吊燈，映照出室內的每個角落。牆壁上掛着偵探公會的標誌，展示出公會的榮耀與地位。在等候室的正中央，一張巨大的圓桌旁放置着各式各樣的資料，讓偵探們在進行挑戰前進行充分的準備。

工作人員面帶微笑地迎接每一位偵探，並向他們致以最崇高的敬意。他們細心地為每個參賽者分發比賽所需的物品，並為他們解答各種疑問。在這裏，每位偵探都感受到公會對他們的尊重與重視。

隨着比賽即將開始，等候室內的氛圍愈發緊張。突然，一聲清脆的鈴聲響起，比賽正式開始。偵探們瞬間湧向挑戰區，他們的心中充滿了決心與信念，期待着在這場比賽中一展身手，並在偵探公會的歷史中留下自己的名字。

3 名額爭奪戰

既然來到這裏，

既然參加了這個比賽，

不如……順便把冠軍也拿回去吧！

在工作人員的帶領下，莫雷和一眾偵探離開了大廳，前往第一個挑戰室。一路走着，莫雷不忘觀察四周：走廊是由石壁建成，石壁上雕刻了偵探公會歷史上最著名的案件和成員事蹟，其中好些主角就是亞瑟·道爾。每隔一段距離，走廊兩側都擺放着一盞昏暗的壁燈，照亮了陰暗的走廊，同時也為走廊增添了一絲神秘氣氛。

在大廳的一角，設有一排精美的展示櫃，櫃內陳列着各種罕見的偵探用具。這些用具年代久遠，曾經幫助偵探們破解過無數案件，如指紋採集器、紅外線夜視望遠鏡和獨特的解密書籍。它們見證了偵探公會的榮耀歷程，也激勵着新一代偵探在未來的冒險中勇往直前。

莫雷被帶到一個充滿謎題的密室面前，門上寫着「解密室」三個字。莫雷緩緩地推開房門，進入了這個神秘的房間。一踏入這房間，莫雷便立刻被房間內獨特的佈置所吸引。這個空間充滿懸疑感，四周佈滿各種奇特的圖案和象徵性的符號。

正對着門口的牆壁上，懸掛着一個巨大的鏡子，鏡子的框架綴有精緻的雕刻花紋。在鏡子的下方，有一個裝置，顯示出一句指引：

名偵探競賽角逐名額尚餘：100人
首100名密室破解者將獲得是次名偵探競賽的資格。

什麼！？

莫雷以為這是第一關，但原來只不過是資格賽。據莫雷的觀察，剛才大廳中的偵探起碼超過五百人，然而入圍的偵探不到五分之一。

雖然莫雷知道這次比賽將會十分艱辛，卻沒有想過會如此嚴格。知道這個消息後，莫雷的緊張感一下子湧了上來。然而，他的嘴角卻挑起了——在看到「競賽」兩字時，莫雷雙眼射出了精光，他的好勝心又再一次被激起。既然來到這裏，既然參加了這個比賽，不如……順便把冠軍也拿回去吧！

他倒是很想知道，在眾多名偵探之中，自己的實力大概是去到哪個水平。

在這個關鍵的時刻，莫雷顯得異常的冷靜。他深深吸了一口氣，又緩緩地吐出。終於來到這裏了，一切像是作夢般。莫雷開始觀察房間的每一個細節。他知道，任何一個小小的線索，都可能是解開謎團的關鍵。他必須全神貫注，不能有任何的疏忽。

莫雷掃視整個房間，逐漸習慣了這個空間的氛圍。他發現，房間裏還有一個巧妙的設計——在書桌上方懸掛着一幅精美的油畫，畫面中是一位英明神武的騎士，正指着前方。莫雷曾經看過這個人物的形象，他便是羅馬時期的軍事統帥——凱撒大帝，他低垂着眼簾，仿佛在悄悄窺探這個房間的一切。

莫雷心知，這個房間定然藏着重重的秘密，而這些秘密或許只是被掩藏在某個不起眼的角落，等待着他去挖掘。他輕輕歎了口氣，感受着自己內心與生俱來的求知慾在此刻被激發。雖然莫雷知道這是一個分秒必爭的遊戲，卻又忍不住享受尋找線索的樂趣。

等到所有參賽的偵探都進入房間後，主辦方宣佈比賽正式開始。隨着聲音落下，一道昏黃的燈光照射在一個巨大的金屬門上，門上的密碼鎖閃爍着微弱的光芒。莫雷靠近觀察，密碼鎖上刻着一段神秘的密碼提示：

SQTSG 1-12-23-1-25-19 19-12-9-1-3-5-18-16。

莫雷立即開始分析密碼提示。資格賽比的是速度，並不會出得太難，考的是偵探們對於密碼的觸覺，以及對於現場環境的觀察。「**SQTSG 1-12-23-1-25-19 19-12-9-1-3-5-18-16**」這段密碼可以分為三個部分：

SQTSG

1-12-23-1-25-19

19-12-9-1-3-5-18-16。

擅於觀察，是作為一名優秀偵探的必要條件。莫雷相信這房間的所有佈置都與密碼的提示有關。他剛進來的時候，便注意到油畫上的凱撒大帝，這必定是其中一個提示。

——凱撒密碼。

事實下，莫雷第一次聽到凱撒大帝這個名字，並不是因為他偉大的事蹟，而是他以他為名凱撒密碼（Caesar cipher）。這是一種最簡單且最廣為人知的加密技術，也是莫雷父親教給他的第一個推理遊戲。其加密方式為：明文中的所有字母都在字母表上向後（或向前）按照一個固定數目進行偏移後被替換成密文。例如：

明文字母表：ABCDEFGHIJKLMNOPQRSTUVWXYZ

密文字母表：DEFGHIJKLMNOPQRSTUVWXYZABC

這樣所有的字母A將被替換成D，B變成E，如此類推。密碼的最大難點是在於找出這個「向量」的數值，即是移動了多少個位置，例如A替換成D的向量就是「+3」，當然還有反方向的加密方法，目的就是使本來有意義的文字變成一堆無法閱讀的字母。莫雷仔細觀察四周，並沒有發現太多提示。於是莫雷的目光又落到油畫上。這個向量的數值不可能是隨便碰運氣猜出來的，向量的值是向前或者向後，都會得出不同的結果。莫雷最後將思緒落在畫中凱撒大帝的動作上。凱撒大帝右手執劍，左手指着前方。莫雷忽然想到，這應該便是第一組密碼的提示了。

根據油畫中「左手指前」的提示，莫雷將每個字母向左移位一個位置，便得出以下結果：

明文字母表：ABCDEFGHIJKLMNOPQRSTUVWXYZ

密文字母表：ZABCDEFGHIJKLMNOPQRSTUVWXY

莫雷將「**SQTSG**」解密，得出結果：「**TRUTH**」。「真相」，這便是第一組密碼。莫雷不禁笑了笑，這組文字倒是很有意思，這種有意義的文字也能印證自己的方向正確。

接下來，莫雷將注意力放在數字上。他猜想，要是第一組密碼是「**TRUTH**」，也能夠推斷這也許是一句英文，所以這些數字也可能是一個經過加密的單詞，於是將數字按照字母表的位置進行對應，將數字轉換成字母：

01	02	03
A	B	C
04	05	06
D	E	F
07	…	…
G	…	…

房間裏有紙筆，莫雷將這些對應文字統統列出來，然後進行對應轉換。「**1-12-23-1-25-19**」轉換成了「**ALWAYS**」，而「**19-12-9-1-3-5-18-16**」轉換成了「**SLIACERP**」。莫雷將兩個解密出來的單詞組合在一起，得到了新的密碼提示：「**TRUTH ALWAYS SLIACERP**」。

然而，這個新密碼提示似乎還有些缺陷。「**TRUTH ALWAYS**」這兩個字是很明顯的，「**SLIACERP**」卻有點奇怪，莫雷不認識這個字。

此時，莫雷留意到鏡子下方的裝置，顯示：

名偵探競賽角逐名額尚餘：76人

已經有不少偵探破解了這一關，莫雷感到很驚訝。從遊戲開始到現在，他幾乎沒有任何犯錯，也沒有遇到解題的困難，實在是很難相信比他還要快的那二十四個偵探是如何破解。莫雷深深吸了一口氣，捉緊時間繼續。莫雷再一次回憶起自己進入房間後的所見所聞，他應該沒有遺漏任何一個線索，於是莫雷覺得自己可能只是多疑了，打算先密碼。

來到輸入密碼的裝置，莫雷的目光在每一個字母上來回掃視，直到他的目光落在那面巨大的鏡子上。莫雷的心中突然閃過一道光芒，他終於恍然大悟——鏡子反射！這個鏡子不僅是房間的裝飾，也許它還是解開謎團的線索。

莫雷將「**SLIACERP**」這個文字進行鏡子反射，得出了「**PRECAILS**」。因此，真正的密碼便是「**TRUTH ALWAYS PRECAILS**」（真理必勝），這正是名偵探公會的宗旨。

名偵探公會的創立，源於一個簡單而又偉大的理念：真理必勝。這個理念體現了偵探們對真理的尊重和追求，也象徵着他們對公正和正義的堅持。

在公會創立之初，偵探們面臨着許多困難和挑戰。然而，他們並沒有因此而放棄，一直堅持自己的信念，堅持尋找真相，堅持揭示事實。

他們相信，只有真理才能揭示事實，只有真理才能揭示公正，只有真理才能揭示人性。因此，他們將「真理必勝」作為公會的宗旨，並將這個理念銘刻在每一個公會成員的心中。

莫雷的臉上露出笑容，他相信這便是真正的答案，於是莫雷將這串密碼輸入鎖上的觸摸屏，屏幕上的字母隨着他的操作而變化。最後，當他按下確定鍵時，一道綠光瞬間亮起，金屬門發出一聲沉悶的轟鳴，緩緩地打開了。

門的另一方，是一間昏昏暗暗的密室，眼前一個寬敞的圓形房間，正中央擺放着一個神秘的箱子。箱子上三個長方形的密碼鎖，鎖上有十個按鈕，從一到十。而在寶箱旁邊，站立着三個閉着眼睛、樣貌猙獰的巨人石像，它們右手各執一把怪異的武器，左手握成拳頭，交叉放在胸前，看樣子是寶箱的守護者。這些守護者的身上刻滿了數之不盡的數字。

莫雷深吸一口氣。剛剛的謎題只不過是個簡單的熱身，眼前這個寶箱才是真正的挑戰。看着密道上不同的腳印，莫雷知道已經有人比他更早地通過了這個關卡。剛才他還以為有二十四個人比自己更快地破解了密室，但現在他總算明白了，那二十四個人在極短的時間內不但破解了密室，就連這一關也破解了。果真天外有天，人外有人。莫雷也不至於認為自己是最聰明的偵探，不過當他知道有這麼多人比他更快解開謎團後，反而激起了他的好奇心：他們都是什麼人？平日的生活是如何？他們遇過什麼案件呢？這個比賽之後，必定要好好認識這麼優秀的偵探。另一方面，莫雷認為就連資格賽都如此具有挑戰性，看來這一次名偵探公會倒是花了不少心思。

事不宜遲，莫雷搓了搓手，走到寶箱的面前，他知道，這將是他獲得資格的最後一關，也將是他最大的考驗。此時，三位守護者倏然睜開眼睛，他們的目光如同兩柄利劍一般鋭利，直射向莫雷。他們的目光讓莫雷心中一震，雖然它們只是石像，卻居然使人感覺到了一般壓力。

它們開始説話，聲音低沉而有力，像是從遙遠的古代傳來，充滿了神秘與權威。他們的問題是關於數字的，每一個問題都像是一個謎，需要莫雷解開。

第一位守護者問道：「我所想的數字是三位守護者當中最小的。」

第二位守護者問道：**「我所想的數字，與第一位守護者所想的數字奇偶相反，並且我們之和小於10。」**

第三位守護者問道：「我所想的數字是一個合成數，而且存在於正因數第一位守護者所想的數字。」莫雷聽到這個問題，心中一驚。他知道，這是一個關於數學知識的問題，需要他根據前兩個問題的答案來進行判斷。

這三個問題，像是三座高山，橫在了莫雷的面前。他知道，他必須要一一攻克這些高山，才能獲得通過的資格。莫雷的腦海中充滿了各種可能的答案和各種可能的路徑。他知道，他必須快速而準確地找出答案，才能在眾多的參賽者中脫穎而出。

莫雷開始分析這三條題目，這三個問題之間必定有某種關聯。他站在那裏，靜靜地閉目思索。他很熟悉這類題型，並不複雜，只是運用了「逆推理」的手法，這種手法通常是分析問題的「必要條件」，然後列出各種可能性，再從這些可能性中找出符合三個守護者要求的答案。真相有時就在身邊，只是需要一顆寧靜的心去領悟。莫雷知道只要自己冷靜下來，便可以解開這些難題。

這個問題牽涉了很多數學概念，包括奇數和偶數、質數和合成數。簡單來說，所謂的奇數即是單數（如1、3、5、7、9），偶數即是雙數（如2、4、6、8、10）。

「質數」則是指只可以被 1 及自己整除的數字，如「2、3、5、7、11、13、17、19、23、29」等。

有了這些概念後的基礎知識，便可以推理出三位守護者的話。

首先，他分析了第一位守護者的問題：「我所想是三個數字之間最小的」。單憑這一句絕對無法得出任何結論，但它卻可以成為第二及第三句的一個重要的提示。因此，莫雷暫時擱下這個問題，並把它默默記在心上。

接着，莫雷將注意力轉移到第二位守護者的問題。「**我所想的數字，與第一位守護者所想的數字奇偶相反，並且我們之和小於10。**」根據第二位守護者的說話，莫雷得出了兩個重要的提示：第一個是兩位所想的數字奇偶相反。換言之，要是第一位守護者所想的數字是奇數，那麼第二位守護者的數字便是偶數，反之亦然；另一個重要的線索是兩個數字相加之和是小於**10**，換言之，兩位守護者心中所想的數字都是小於**10**，這大大縮小了思考的範圍。所以莫雷便將所有可能性都列出來：

奇數		偶數	
1	2、4、6、8	2	1、3、5、7
3	2、4、6	4	1、3、5
5	2、4	6	1、3
7	2	8	1
9	X	10	X

莫雷知道，第一位守護者的數字小於第二位守護者的數字，所以不可能是**5**至**10**。同時，**9**和**10**都不符合「奇偶相反」和「相加小於

10」的條件。也就是說，他只需要考慮1至4這幾個可能性。然而，這樣的整理下來仍有十四種組合。莫雷緊皺着眉，分析起第三位守護者的重要提示：「我所想的數字是他們之和，同時是一個合成數，而且正因數存在於第一位守護者所想的數字。」看到這句話，莫雷瞪大眼睛，似乎看到了這昏暗地下室的一道曙光似的。在這堆數字中，無論是哪一個組合，唯一的合成數就只有9。以奇數第一組為例：1與2、4、6、8之和分別為：3、5、7、9；這種情況在偶數也是同樣，以偶數第一組為例：2與1、3、5、7之和分別為：3、5、7、9，跟奇數一樣！因此，計算了十四種的數字之和後，唯一合成數只有9。此時，莫雷終於掌握了第一個破解的數字。

誠如莫雷之前的分析一樣，這種難題的關鍵就在於逆推理。在得出第三位守護者的數字是9後，他又再一次分析另外兩個數字。莫雷在自己的筆記上一一刪去已經排除的可能性：

奇數		偶數	
1	8	**2**	7
3	6	**4**	5

莫雷終於梳理好這個難題的脈絡。答案的關鍵就在第三位守護者的最後一句話：「正因數存在於第一位守護者所想的數字」，除了**1**和**9**以外，**9**的正因數只有**3**。因此，莫雷可以確定，第一位守護者的數字是**3**；第二位守護者的數字是**6**；第三位守護者的數字是**9**。

4 模擬兇殺案

空氣中瀰漫着一種難以言說的壓抑感，
那是一種混合着鐵鏽和血腥的味道，
讓人心裏發冷。

在這個地方，根本沒有顯示比賽名額餘下多少個。莫雷也不知道自己是否能夠晉級。他心裏很清楚，這一關是競時比賽，就算自己答對了，要不是首一百名，也沒有任何意義。成功集齊三個密碼後，莫雷急不及待輸入密碼，成功打開了寶箱，寶箱內赫然是一個裝置的手把，莫雷二話不說，馬上用力拉下手把，突然，整個密室發出隆隆的低鳴聲。莫雷站着的位置忽然向下移動，像升降機般下降了好幾層。沒想到這個名偵探公會居然還有這樣的地下室，這裏的規模比莫雷想像中的還要大。

過了不到半分鐘，機關在某一層停了下來，莫雷悠悠地走了出來，這裏又換了另一種風格的設計，看起來是某座大宅。

恭喜偵探成為首一百名挑戰者，獲得參賽的資格。請運用你的智慧和勇氣，好好享受這場比賽。

大廳的熒幕突然顯示相關訊息。天哪！莫雷終於鬆了一口氣。就連一個資格賽，都花了他不少時間。雖然莫雷不知道自己是第幾名，但總算沒有在第一關就被淘汰出去。

不……正確來說，接下來的才算是第一關。

莫雷踏出機關，眼前的風景使他瞪大了眼睛。他站在一座體現古典風格的大宅，細節精緻，透露出一種沉靜的優雅。這座大宅給人一種歷史的感覺，彷彿時間在這裏停滯，百年歲月留下的痕跡清晰可見。莫雷心中暗忖，大宅的佈置和人們的衣着看起來不像是現代人，這應該是公會還原了過去一宗案件。

大宅的設計風格仿佛將莫雷帶回了過去。它的建築風格典雅而莊重，每個細節都充滿了藝術的氣息。空氣中瀰漫着一種難以言説的壓抑感，那是一種混合着鐵鏽和血腥的味道，讓人心裏發冷。一切似乎都在告訴他，這裏曾經發生過一件極度恐怖的事情。

偵探競賽的第一關，是一個模擬的兇案現場。

看着眼前的混亂，莫雷的心跳加速，他的五官變得敏鋭起來。他知道，他不能當這是模擬的案件，因為還原度太高了。除了有現場的環境外，莫雷甚至還嗅到血的味道。莫雷需要找出真相，才能通過這一關。他深吸一口氣，努力讓自己保持冷靜，然後開始了他的調查。

莫雷放慢自己的節奏，因為他剛剛經歷完分秒必爭的資格賽，現在心裏還有些着急，這顯示不利於破案，因此莫雷讓自己儘快調整好狀態。他知道，資格賽比的是偵探們的思維以及見識。那些問題雖然可以憑邏輯推理出來，然而如果偵探們擁有豐富的知識，就能不費吹灰之力完成。

可是，接下來的這一關卻不是競時的比賽。這關要求偵探的細心觀察和分析能力。在一宗命案中，往往存在很多陷阱。真相常常被偽裝在假象之中，偵探的責任就是穿透迷霧，緊握住真相。

莫雷仔細地觀察，現場是一間豪華的客廳，擺放許多奢華的裝飾和昂貴的傢俬。然而，這一切的華麗都被眼前恐怖的一幕淹沒：

一具男性屍體橫躺在地毯上，臉上猙獰的表情凝固在死亡的一刻。他的周圍散落着破碎的傢俬和一地的血跡。莫雷初步觀察，這應該是一宗暴力的死亡事件。

牆上原本掛着一幅名畫，現在卻被粗暴地撕扯成碎片。畫面中的笑臉在血色的燈光下顯得更加駭人，像是在嘲笑着現場的悲劇。莫雷的直覺告訴他，這個兇案並不簡單，背後肯定藏着更深的秘密。

——名偵探公會不可能出那麼簡單的題目，這有損他們的名聲。

作為一名有豐富經驗的偵探，莫雷首先確定了死者的身分：一位富有的商人。從死者的衣物和現場的裝潢來看，他過着奢侈的生活。莫雷初步推測，這位富翁可能擁有不少敵人，因此兇手可能出自他的仇家。

莫雷繼續在現場搜尋線索，他的視線環顧四周，每一個細節都可能成為解開這個謎團的關鍵。他的手指輕輕地觸摸破損的傢俬，他的耳朵聆聽每一個微小的聲音，他的鼻子嗅着空氣中的每一種味道。他知道，偵探的工作就是這樣，需要用每一種感官去尋找真相。有趣的是，名偵探公會居然可以把案發現場百分百還原，這可不是一件容易的工作。應該說，這已經不能用「困難」來形容，而是幾乎不可能。

一件兇案的現場就是要在偵探仔細的觀察和不斷推理之下，方能還原真相。而案件的關鍵，往往是那些微不足道的線索。正正因為這些線索是難以想像和發現，才顯得偵探的觀察如此重要。因此，若要還原兇案現場，就必須連那些細節也逐一觀察和分析，這意味着設計者有着神一般的天賦——驚人的觀察力和記憶力。

無論是誰獲得這兩種能力，都必然是優秀傑出的名偵探。

時間在這個大宅內緩緩流逝。莫雷的目光最終停在那張被撕碎的畫上，他的直覺告訴他，這可能是一個重要的線索。他走近去，仔細地觀察那些畫片。那張畫原本應該是一個笑臉，然而在血跡的覆蓋下，那個笑臉變得恐怖而詭異，仿佛在譏笑着生死無常。

接着，莫雷開始仔細檢查死者的身體。他發現死者胸口有一個深刻的刺傷，初步分析應該是致命傷。然而，令莫雷感到奇怪的是，死者的手上卻沒有任何其他因防禦而造成的傷口。這意味着死者在遭遇襲擊時，完全沒有作出反抗。根據莫雷的經驗，這通常暗示兇手是死者信任的人，或者兇手失去了反抗的能力。

既然已經知道死者的唯一傷口，那麼接下來的就是要找出兇器。莫雷在客廳的一角發現了一把血腥的匕首，與死者胸口的傷口相符。這個虛擬的兇殺現場提供了不同的工具和電子設備給偵探查案用，其中包括了指紋採集器。

莫雷小心翼翼地將匕首放進電子設備中，他當然知道這不是真正的指紋採集器，名偵探公會設置的任務只需要偵探注意到兇器，並作出分析，這只是模擬偵查的過程。在莫雷完成操作後，大廳的熒幕突然顯示四個大字：

行動次數：7／8

什麼！這次的規則並不是時間限制，而是行動次數。這意味着，莫雷的每一次行動都必須經過深思熟慮。莫雷並不知道八次行動算多或少，因為他無法知道接下來還需要多少搜集證據的行動，這與疑犯的數目直接掛鉤。因此，莫雷必須小心翼翼地進行每一個行動。

等了大概一分鐘，就得出結果了。莫雷意識到這個案件愈來愈複雜，因為他發現在匕首的握柄上，居然有十多個不同的指紋。在電子設備中的熒幕上列出了上百個與死者相關的人物，只要點進去，就可以看見他們的名字和與死者的關係。每個人物都有一段錄影，開啟後會播放他們的「詢問」內容。當然，每次播放影片都會消耗一次行動次數。

如果只憑着指紋這一點，莫雷恐怕花盡八次行動次數，也找不到兇手。為了確認目標，莫雷耐心地一一打開了所有人物的資料簡介，發現當中有三個人的簡介中，都不約而同出現了「綁架案」的字眼。莫雷相信，這三個人便是案件的關鍵人物。

這是很明顯的線索，為了找出真相，莫雷決定使用三次行動機會，追蹤這三名嫌疑人的調查內容。要是猜錯的話，那麼莫雷的名偵探競賽很可能就要止步於這一關了，但是就以上的線索所見，他們是最大嫌疑的對象了。於是，莫雷點擊了熒光幕，分別播放三個嫌疑犯的視像片段。莫雷就像是親臨其境般，以第一身視野追查這些嫌疑犯。

第一位嫌疑犯：古董店老闆（行動次數：6／8）

莫雷走進古董店，看見一位中年男子正在擦拭一個古董瓷器。他走上前去，開始和疑犯交談。

莫雷：你與受害者有什麼關係？

古董店老闆：我們是朋友，但最近因為一些事意見不合而產生矛盾。

莫雷：你知道富翁的死訊了嗎？

古董店老闆：是的，我聽說了。

莫雷：在富翁死亡當天，你在幹什麼？

古董店老闆：我在店裏整天都在忙着拍賣一批珍品，有很多客人來往，我根本沒有時間離開店裏。

莫雷：有人可以證明你的說法嗎？

古董店老闆：當然，那天來店裏的客人們都可以作證，還有我的助手也在場。

莫雷：你有沒有作案動機？

古董店老闆：我承認我們最近的關係不好，但我絕對沒有殺人的動機。

莫雷：那你的指紋為什麼會出現在兇器上？

古董店老闆：那把匕首原本就是我的貨品，我曾經拿過它介紹給客人，自然會留下指紋。

莫雷：我想跟你談談關於一宗綁架案的事情。

古董店老闆：綁架案？我不知道你在說什麼。

莫雷：根據我手上的資料，你曾參與過一宗綁架案，並從中勒索了一筆巨款。我想知道，你和另外三名同謀者在分贓時是怎麼分配的？

古董店老闆（顯得有些緊張）：我……我不知道你在說些什麼。我只是個古董商人，從未涉及過犯罪活動。

莫雷：我了解。但現在你的嫌疑最大，希望你能夠合作。現在，請你告訴我，你和另外兩名同謀者在分贓時發生了什麼問題，導致你們反目成仇？

古董店老闆（猶豫了片刻，終於開口）：好吧，我承認我們曾參與綁架案。分贓時，我們因為金額和分配不均，漸生嫌隙。我們原本是為了替天行道，懲罰那個不道德的富翁，但最後卻為了錢財爭執不休。

莫雷：謝謝你的坦白。我會繼續調查這宗案件，找出真兇。希望你能配合警方的調查，提供更多有用的訊息。

古董店老闆：我會的。我不想再逃避了。

莫雷離開古董店，繼續追查另外兩名同謀者。

第二位嫌疑犯：舞蹈演員（行動次數：5／8）

來到舞蹈演員的家門口，莫雷敲了敲門。良久，仍沒有人應門，於是莫雷又再用力地敲了敲門。這個時候，大門緩緩打開，一位美麗的女子站在門口，微微一笑。

舞蹈演員：你好，請問有什麼事情嗎？

莫雷：你好，我是偵探。你知道富翁死亡的消息了嗎？

舞蹈演員：是的，我聽説了。

莫雷跟着女子進入客廳，看着滿屋子的舞蹈獎杯和照片，了解她過去的輝煌。

莫雷：在富翁死亡當天，你在幹什麼？

舞蹈演員：那天我在排練新的舞蹈節目，練了一整天。

莫雷：有人可以證明你的説法嗎？

舞蹈演員：是的，我的舞蹈老師和其他舞者都可以證明。

莫雷：我們在兇器上發現你的指紋，你能解釋嗎？

舞蹈演員：我曾經在富翁的家裏表演過，那天他拿出那把匕首炫耀，我試拿過一下，所以留下了指紋。

莫雷：我想詢問你一些有關綁架案的事情。

女子顯得有些緊張，但仍保持微笑。

莫雷：根據我的調查，你曾參與過一宗綁架案。你能告訴我當時的情況嗎？

舞蹈演員（臉色變得慘白）：那是我一生中最大的錯誤。我年輕時犯了嚴重的錯誤，但我真心後悔。我一直想擺脱過去的陰影，努力過正常的生活。

莫雷：我明白。你是否知道死者在受傷之前，有什麼不一樣的地方嗎？

舞蹈演員：是的，近日我總覺得有人跟蹤我，但我不知道那與死者是否有關。

莫雷：你是否記得當時跟蹤你的人是誰？

舞蹈演員：那時候我發現自己被跟蹤，非常害怕。後來，我找到了機會反跟蹤，並拍下了跟蹤者的照片。他是一名中年男子，穿着深色西裝，戴着一副墨鏡。

莫雷記下了這些訊息，思索着跟蹤者的身分。

莫雷：請問你是否知道綁架案中其他同謀者的下落？

舞蹈演員：自從分贓之後，我們就失去了聯繫。我只知道其中一人經營一家古董店，另一位我不太清楚。

莫雷：好的，謝謝你的配合。我會繼續調查此案。如果你有任何有用的訊息，請及時告知警方。

舞蹈演員：我會的。謝謝你給了我一個機會解釋。

莫雷離開女子的住處，心中的疑惑愈來愈多。而且莫雷透過這兩次的問話，已經肯定了他們幾個人之間的關係。正確來説，他們兩個人都跟這宗兇殺案脱不了關係。因為在剛才的對話中，他們兩個都犯了同一個錯誤。

第三位嫌疑犯：武術教練（行動次數：4／8）

莫雷沿着市區的小巷子，來到一家武館。他推開門，看見一羣學生正在練功。在場地的一角，他看到了那名曾是富翁手下的武術高手。莫雷走過去，等待對方注意到他。

武術高手：你好，有什麼事嗎？

莫雷：你好，我是莫雷偵探。你知道富翁死亡的消息了嗎？

武術教練：是的，我聽說了。

莫雷：在富翁死亡當天，你在幹什麼？

武術教練：那天我在武館教學生，一整天都在館裏。

莫雷：有人可以證明你的說法嗎？

武術教練：當然，我的學生和其他教練都可以證明。

莫雷：那你的指紋為什麼會出現在兇器上？

武術教練：兇器？什麼兇器？

莫雷：死者的胸口插了一把匕首。

武術教練：哦……有一段時間，我曾在富翁家中擔任保鏢，有一次他展示那把匕首給我看，我拿過它，所以留下了指紋。

莫雷：我想詢問你一些有關綁架案的事情。

武術教練顯得有些意外，但仍保持鎮定。

武術教練：請到我的房間裏説吧。

莫雷跟着他進入房間，看見牆上懸掛着一幅與現場撕碎的畫相似的畫作。他心中一動，決定先不提起這幅畫。

武術教練：那是我們年輕時候犯的錯誤。你知道的，每個年輕人都總有一段自以為是的時間。

莫雷點點頭，並沒有回應。

武術教練：我們以為那只是一宗惡作劇，只想模仿小説中的做法。沒想到……唉，最終釀成不幸事件。

莫雷：我了解。根據我的調查，富翁在被殺前曾調查過你的底細。你對此有何看法？

武術教練：我知道他調查過我，但我沒有料到他會遇到這樣的下場。我跟其他同謀者已經劃清界限，過上了新生活。

莫雷：好的，謝謝你的配合。如果你有任何有用的訊息，請及時告知警方。

武術教練：沒問題，我會的。

莫雷離開武館，心中的疑惑更加濃厚。那幅畫成了他調查的重要線索，但仍無法確定兇手的身分。富翁在臨死前調查過所有同謀者，這其中一定藏着什麼秘密。莫雷決定繼續深入調查，一步步接近真相。

隨着問話的結束，熒幕關閉，同時顯示出莫雷的**行動次數（4／8）**。

再次回到現場，莫雷一邊思考着三位疑犯的對話內容，以及可疑之處，一邊重新審視案發地點。

莫雷手中充滿各種證據和線索，臉上流露出深深的思考，眼中閃爍着堅定的光芒。

他開始整理所有的證據，將自己的思緒和證據列在筆記本上，梳理它們之間的關係。莫雷將所有的證據分門別類，然後開始仔細地審視、比對和推理。

首先，匕首深深地插在受害者的胸口，周圍散落着一些古董碎片。他看着照片，然後看着古董店商人和舞蹈演員的指紋報告。他們的指紋與匕首上的指紋完全吻合，這是一個無法否認的事實。

接着，他看到了他們的對話記錄。他們都在詢問中提到了「匕首」，這是他們在現場的直接證據。在剛才的對話中，他們都透露了不同的訊息。然而最重要的訊息並不是疑犯提供的資訊，而是他們在對話中說錯了什麼。

在問話期間，莫雷一直用的字眼是「兇器」，並沒有指明是「匕首」，然而古董店商人和舞蹈演員卻第一時間解釋自己的指紋為什麼會留在「匕首」上，說明他們兩個當時**必然是在現場**。

更重要的一點是，他們幾人都和過去的一宗綁架案相關。莫雷相信，這段過去就是這四個人之間的重大關連。現場除了兇器以外，莫雷還找到一本日記，相信是死者的，然而最後的幾頁卻被撕去。莫雷估計，這應該是兇手的所為，在日記的最後幾頁，可能藏着對兇手不利的線索。

可是，兇手又是如何得知這本日記的存在呢？

莫雷翻開日記，仔細地閱讀最後的幾篇日記內容：

八月一日　晴

這幾天，我又開始後悔當天的決定了。年少的我做錯了很多事，這些錯都不能彌補。我一直說服自己好好生活下去，人不能改變過去的事，但這又談何容易？

八月八日　陰

我的好友們，他們真是我最後的好友了。我愛他們，但他們對我只有恐懼。這不是我的錯，這一切都不是我的錯。我只想奪回屬於自己的那一份，那本來就是我應得的。

八月十九日　雨

近日的生意不太好，可是為了那些員工們。我必須想些什麼辦法才行，他們每一個人以及他們的家庭，都需要這份工作。

九月二日　晴

我的直覺是正確的，他們四個人的行動有點古怪。過了這麼多年，這件事還是一直困擾着我。

九月三日　陰

那些珠寶的位置藏得真好，這一年來什麼消息也沒有。他們有人似乎想離開這個城市了，絕對不行！要是他們離開了的話，我的努力就白費了。

九月廿七日　雨

那個人也許只是旁觀者，他的眼神太像了。我猜想沒有那麼簡單，他有自己的目的。

十月八日　雨

今天大劇院上演了《哈姆雷特》，我從大學開始便愛上這劇本。這次的演員做得真好，應該做了很多準備吧。

十月廿三日　雨

我決定要跟他們幾個好好聊一聊，或者我們可以好好相處，締造雙贏局面。

從九月二日的日記內容可以大約推理出，死者一直在調查他的三名同謀，試圖找出他們的罪行證據，以此威脅他們。莫雷推測，死者在找到足夠證據後，邀請了三人到現場解決糾紛。而在武術教練的供詞中也有提及，他有意識自己被人跟蹤。

這三個人都有可疑，然而卻沒有實質證據指出兇手是誰。莫雷打開熒幕，其中有一項寫着「我的推理」，在下方有一個長方格可以輸入自己的答案。莫雷便將自己猜想的關鍵輸入：綁架案、調查、分贓、古董店商人、舞蹈演員、武術教練……

突然，熒光幕透出一片白光，一段影片迎面播放，影片內容的所在地，正是這所大宅的書房。

5 撿拾真相的碎片

莫雷一心以為自己

已經找到答案……

「請吧！」兩男一女面面相覷，猶豫了片刻之後，還是坐了下來。富翁就坐在他們三人的對面，品味着紅酒。

「接下來，我要跟這三位好友慢慢聚舊。今晚無論你聽到什麼聲音，都不要來打擾我們的雅興。」聽到富翁的話後，管家點點頭，慢慢走出房間，把房門鎖好，並把門外的兩位護衛請走。他當然知道，為了這一晚，富翁已經準備了很久很久，這一晚他將會奪回屬於自己的東西。

「來來來，別見外。」富翁如此說，他請管家準備了一些吃的，好讓他們今晚可以一起聚餐——就像以前一樣。

一片寧靜。

沒有人開口說話，更沒有人動手吃東西。他們並不相信富翁。不，應該說，他們太了解富翁，因為他們也很相信富翁，相信他會對這些食物動手腳。

富翁自己卻先開動吃了起來，一邊吃一邊露出不滿的表情，說：「真是的，都一場老朋友，你們怎會這樣想我呢？」說罷，他便繼續大吃起來。然而，其餘三人還是沒有動手。

首先開口的是古董店老闆，雖然他有些緊張，但畢竟老練，也擠出了笑容，假裝無知地問：「我……我們很久沒見了，這一次約我們出來，不知道是為了什麼事呢？」

聽到這句話，富翁皺了皺眉頭，他不喜歡如此直接的對話，他認為這樣太沒有韻味了，太不會享受生活了。看到富翁不高興的樣子，古董店老闆又急了，他比誰都了解富翁的脾氣。於是他又賠笑了兩聲。

「能有什麼事，不過是太久沒見大家。你們知道嗎？自從我獲得了那筆錢後，又靠着些珠寶做起生意來。那時候我才發現，原來做珠寶當中還有暴利，於是我開始接觸這行業，慢慢才爬到今天這個位置。」富翁開始回憶當年，語氣中帶點哀怨地說：「然而，當一個人變得有錢，身邊真心的朋友就愈來愈少。所以我便更加想念你們，你們三個是我最後的朋友了。」

「謝謝……謝謝你的好意。」舞蹈演員接着說，「我自問高攀不起你尊貴的身分。這或者是我們最後一次見面吧？說實話，我真的不想再回憶起過去的生活了。我希望以後能當個平凡人。」

「然後跟你的男朋友結婚，移民到美國，對嗎？」富翁笑着說。然而舞蹈演員的表情卻變得十分難看。雖然她猜到富翁派人調查自己，卻沒有想過是如此深入。移民的事她幾乎沒有跟任何人提起過，富翁卻知得一清二楚。

「你們別要這樣說。」富翁突然站了起來，走到他們三個的身邊，靠近在他們耳邊說：「畢竟我們一起經歷過那件事，要是被人知道的話，我們都會受到懲罰的。無論你去到天涯海角，都難保有一天真相水落石出，不是嗎？」

說到這裏，富翁哈哈大笑起來。武術教練突然推開了他的手，忍不住說：「你到底想幹什麼，有話就說！」

「好！」富翁收起了笑容，隨即說出了自己的真正目的：「十二年前，我們綁架了那個珠寶商人，各自分到五百萬。」獲得這筆錢後，有人選擇與家人共享，有人選擇了花天酒地，有人選擇了追求自己的夢想，有人選擇了用來做生意，因此十二年後他們的生活變得截然不同。沒有人想像得到，十二年前他們的關係是如何緊密，那時候他們還只是大學生，偶然的機會之下，四個人合謀策劃了一宗驚動全城的綁架案。

然而，有實際數值的金額是很容易分配的，問題是在於其他贓品。當年他們綁架的是一名珠寶商人，除了二千萬現金之後，還有一大批寶石。那時候他們並不知道這些寶石的價值，還因此發生了爭執，因為大家沒有專業的知識，所以只是隨隨便便地分配。而那個時候，富翁做了一個自己後悔一輩子的選擇。他認為現金比那些「石頭」更加有價值，於是便將自己大部分的珠寶賣給他們三人。後來當他認識珠寶的價值後，才發現自己當初賣出去的，每一粒都是價值千萬的寶藏。為了這件事，富翁已經多次試圖買回自己的珠寶。

他調查過另外三個人，知道珠寶還在他們的手上，因為這些都是綁架獲得的贓品，沒有認識的人或者渠道的話，根本無法賣出去。然而那三個人也不是笨蛋，他們看到富翁的行動後，也馬上意識到那些珠寶的價值。於是，富翁便無法如願以償。

「但是那些寶石，你們既無法賣出，也不能一輩子藏起來，那跟石頭根本沒兩樣，你們無法好好善用它們，倒不如賣給我吧！」富翁眼神掃視了一下他們，貪婪一露無遺。古董店老闆倒是很早以前就明白這個道理，所以馬上說：「但是……你願意給我們多少錢呢？」

這一點富翁也是犯難的，儘管他家財萬貫，也不可能輕易拿出幾億的現金吧，所以他想了一個替代的方案：「這些珠寶我會幫大家轉賣出去，賺到的金額我只收取當中的兩成。」

這的確是一個不錯的方法，最大的問題是，在座三位對富翁都是一點信任也沒有。他們甚至覺得，寶石一旦交到他的手上，自己很可能就會被殺人滅口。或者應該這樣說：以富翁的性格，他不希望自己的過去被其他人知道。所以他一直以來都希望找到合適的時機除掉另外三個人。然而，正因為他們手上還有那些價值連城的寶石，而且藏得太好了，富翁一直無法得知位置。如果殺了他們的話，就永遠沒有人知道這些珠寶的下落了。

因此，這些珠寶對他們三個人而言，便成為了最好的護身符。這也是他們一直不願意交易的最主要原因。

不過，富翁並沒有就此放棄。他一直在尋找機會，他知道他們三個都有自己的困擾，而他正好可以提供幫助。古董店老闆的生意不景氣，舞蹈演員想要移民美國，而武術教練則是希望能有一個安定的生活。他們都需要錢，而他正好可以提供這些。

「所以，你們願意將珠寶賣給我嗎？」富翁看着他們，臉上露出誘人的笑容。

「我想……我還是不……」舞蹈演員想到富翁剛才的話，更加確信他會不擇手段。要是自己交出了珠寶，很可能連性命也不保。然而她的話還沒說完，就被富翁一巴掌打倒在地。

其餘兩人驚訝萬分，沒想過富翁居然出手傷人。此時，富翁接着說：「你們希望追逐自己的夢想，你們希望有安穩的生活，你們希望找到自己的幸福，難道我不想嗎？我的要求很簡單，我只是希望把自己當初賣的那些寶石買回來，我也不貪你們的，為什麼你們這麼不顧舊情？」這番話下來，全場鴉雀無聲，因為誰也沒想過富翁居然如此無恥，扭曲所有事實，錯的人倒變成他們三人了。

然而，富翁一直以來沒有這樣跟他們三個打破關係，這次突然變了，要不就是他急着要這筆錢，要不就是他有信心能威脅他們三人。

又或者……兩者皆是。

寂靜的夜晚，月光灑在大地上，所有的聲音都像是被壓制了一般，只留下緊張和不安。富翁的話在空氣中迴盪，他的眼神狡猾而冷酷，仿佛獵豹凝視着獵物。富翁率先開口：「老實告訴你們，今晚我就要一個答案。我已經封鎖了這裏，在你們交出珠寶的位置之前，誰也不可能離……」話還沒説完，富翁突然痛苦地抓住胸口，他的臉上扭曲着，眼中閃着驚恐和不解。

他的身體開始劇烈地抖動，像是被一股強大的力量撞擊。他的口中吐出血沫，衣服上染上了一片鮮紅。他的呼吸變得急促，聲音低沉而痛苦，每一次都像是在用盡全力。

而其餘三人只是靜靜地看着他，沒有人伸出援手。他們的眼神冷靜而堅定，沒有絲毫的悲痛或同情。他們看着富翁的掙扎，像是看着一場戲劇的終章——他們巴不得富翁就這樣死去，那麼以後就沒有任何人威脅他們了。他們三個人有默契地閉口，任憑富翁痛苦掙扎，門外也沒有人聽見他的求救聲。即使有，也不會進來，因為這是他親自下達的命令。

富翁在死亡之前像是看到了過往的回憶。在他們讀大學的時候，有過快樂的時光，四個人形影不離，互相鼓勵對方追逐自己的夢想。畫面一轉，又到了他們綁架的時候，那是舞蹈演員的提議，當初他是反對的，卻被其他人嘲笑是「膽小鬼」，為了迎合他們幾人，於是他才做了這個錯誤的決定。剛開始的時候，年輕時的富翁還以為他們的計劃一定會失敗，然後被當作惡作劇，最多被家人罵一頓，然後向對方道個歉了事。誰也沒想到，這個幼稚的玩笑，卻改變了四個人的一生。

富翁想起了，當時那個珠寶商人也是這樣在他們面前死去的。他也不知道為什麼會綁架成功。原本只是想綁架珠寶商人，卻連他的兒子也綁走了。他們四個一時之間也不知怎辦，於是糊里糊塗地獲得了贖金。然而，這個時候意外卻發生了，珠寶商人不知道得了什麼病，露出痛苦的表情，口中不斷說着：「藥……藥……」四人手足無措，不知道如何處理，眼睜睜看着珠寶商人失去意識。救護人員到達現場的時候，珠寶商人已經返魂乏術了。

對了，那個眼神……富翁突然瞪大眼睛，他想到了什麼事情似的。那時候看到這一幕的不只有他們四人，還有另外一雙眼睛。他的腦袋飛快地運轉，這時候他才想起，那個眼神很熟悉。

富翁的呼吸愈來愈弱，他的手在空中無力地揮舞着，像是在尋找什麼。他的眼皮變得愈來愈沉重，最後，他的手指終於碰到了那幅掛在牆上的畫。

他用盡最後一口氣，撕破了那幅畫。而他，終於在痛苦中倒下，生命的火花在他的眼中逐漸消失。

寂靜再次降臨，只有月光在窗外默默地照亮着這個房間。富翁的身體靜靜地躺在那裏，像是一個被丟棄的玩具，而那幅被他撕破的畫，卻成為了他生命的最後註腳。

行動次數：3／8

影片到此戛然而止，莫雷感到十分愕然。他原以為自己已經成功偵破案件，這段影片會給他一個完整的交代。根據影片展示，三人都不是兇手，富翁應該是死於意外才對。莫雷嘿嘿笑了兩聲，公會的謎題，果然沒有那麼簡單。那麼，劇情就是峰迴路轉：

1. 影片中三人都沒有出手，那匕首是誰刺進富翁心臟？

2. 兇手的殺人動機是什麼？

3. 死者的真正死因是什麼？

莫雷留意到富翁最後的表情，在他臨死之前必定是想起什麼重要的事情，這件事將會是案件的關鍵。於是莫雷又回到案發現場。他觀察到畫作的附近什麼東西也沒有，可以斷定這幅畫就是富翁的真正目的沒錯。

這只是一幅很普通的畫作，並沒有什麼特別。莫雷小心翼翼地檢查一次，當中並沒有機關和秘密。於是，莫雷花了一段時間，收集好畫作的碎片，一塊一塊地拼回來，正是武術教練的那一幅沒錯。要是畫的內容沒有問題的話，那麼可能這幅畫本身有什麼意義。

在經過剛才一輪的折騰之後，莫雷的積分只剩下三分，換言之他只可以再做三個行動，並需要在這三個行動之後找到真相。

可惡……

莫雷一心以為自己已經找到答案，並自豪自己能夠剩下三個行動點數，因為這正代表他比名偵探公會的標準還要高。但是現在他卻一籌莫展，沒辦法！莫雷只好再用一次行動的機會。而這個行動必須很小心選擇，因為他知道自己已經沒有任何犯錯的空間了。

6 復仇的王子

莫雷的思緒飛快地運作。

一邊思考一邊禁不住露出了笑容，

因為所有的線索……

終於連成一線了。

莫雷的手指輕輕滑過平板電腦的熒幕，他的目光堅定而專注。富翁死去的情況讓他不禁疑惑，那幅被撕破的畫，似乎隱藏着更深的秘密。

他再次打開武術教練的檔案，一個頭像緩緩出現在熒幕上。他點擊播放按鈕，視像片段開始播放。

教練的臉上掛着堅毅的表情，他的眼神深邃而充滿自信。莫雷仔細觀察着他的一舉一動，試圖找出任何可能的線索。

莫雷在武館待了一陣子，觀察學生的訓練和武術教練的行為，並向其他教練和學生詢問了一些問題。他們都證實了武術教練那天在武館的說法。莫雷還尋找是否有其他的證據可以連結到武術教練和富翁之間的關係，並尋找那幅畫的來源和含義。

接着，莫雷再次來到武術教練的房間，打算進一步詢問他關於商人的調查和畫作的事情。

莫雷：我又回來了。我有一些問題想要進一步詢問。

武術教練：好的，請問。

莫雷：這幅畫與現場撕碎的畫相似，你能解釋一下嗎？

武術教練：這幅畫是我們分贓的時候分到的，這並非真蹟，而是他兒子的臨摹品，真蹟在富翁的家裏。我只是覺得很漂亮，所以把臨摹品留在家中。

莫雷：哦？你是說珠寶商人還有一個兒子？

武術教練：是的，他很擅長畫畫。

莫雷：你是否知道撕碎的畫與兇殺案有什麼關係？

武術教練：我不清楚。但我認為，或許那幅畫意味着他調查的結果，也可能是兇手留下的警告。

莫雷：在綁架案中，珠寶商人的兒子最後如何？你們殺了他嗎？

武術教練：不，這絕不可能。我們沒有殺人。但是珠寶商人死在我們眼前，我們都很害怕，於是大家一路狂奔，不知跑了多久，直到所有人都跑不動了，我們才停下來。

莫雷：你確認珠寶商人死了？

武術教練（搖搖頭）：那時候大家都很驚慌，根本來不及確認。但是後來我有回去過，畢竟那只是個小孩，我擔心他一個人。

莫雷：然後呢？

武術教練：他們都不見了。

莫雷：你是指……？

武術教練：他們！珠寶商人的屍體，和他的兒子。

莫雷點點頭，然後離開了房間，繼續他的調查。直到這裏，莫雷終於明白了日記最後那一句是什麼意思，還有那被撕去的內容。在日記中提及過三個疑點：

第一，富翁調查的是「四個人」，而不是「三個人」。但是在匕首上只找到三個人的指紋，莫雷也只能找到其中三個疑犯。神奇的是，他們的口供不約而同地指出當年的綁架案，是由死者和他們三個人所策劃。換言之，這當中還有一個人是莫雷一直忽略了的重點人物。

第二，死者在筆記的最後幾頁提及「眼神很像」的句子，以及他似乎對於某人有所懷疑。

第三，這本筆記的最後幾頁被撕去，無法得知內容。這有可能是死者自己撕去的，也有可能是真正的兇手撕去的。要是後者的話，也就是說死者生前已經找到了兇手的真正身分，為免被發現，兇手才撕去最後幾頁。

慢着……莫雷的思緒飛快地運作。一邊思考一邊禁不住露出了笑容，因為所有的線索……終於連成一線了。

莫雷的想法是對的，他那個行動也沒有浪費掉。顯然，這一切的關鍵就在於畫作的故事，然而得到這些資訊後，卻不容易貫穿起來。直到……莫雷想起日記中那**奇怪的一句話**。

那句話與死者生前的其他日記風格和內容都截然不同，第一次看見的時候，莫雷已經感到有一股違和感，但他並沒有深入分析。沒想到，那才是真正的提示。

——死者的提示。

《哈姆雷特》劇情主要講述丹麥王子哈姆雷特為父報仇的故事。他的父親丹麥國王被人謀殺，於是哈姆雷特展開了復仇之旅。

《哈姆雷特》還有另一個名字，就叫做《王子復仇記》。在這一刻，莫雷終於明白了死者一連串難以解讀的行動。莫雷從武術教練那裏得知，他背後的那幅畫是當年被綁架的珠寶商人的兒子所畫。那時候他們除了綁架珠寶商人外，在混亂之際，也把他的兒子綁架了。

他們從一開始便沒有打算殺害任何人，但是珠寶商人似乎有長期病患，必須定期服藥。四個綁匪不知道這件事，於是只能眼睜睜看着他死去。然而當時看着珠寶商人死去的並不是四對眼睛，而是五對眼睛。在現場的，還有珠寶商人的兒子。他看着自己的父親痛苦地死去，自己卻什麼都做不到。

當年的富翁親眼看見這一幕，也留意到珠寶商人兒子的眼神。那一雙眼睛，他此生都不可能忘記。他以為自己再也不會看到這雙眼睛，然而有一天，他卻發現一對一模一樣的眼睛在看着自己。

富翁派人去調查，果然發現了珠寶商人的兒子來到了這個城市。目的無他，就是為了復仇。可是他的兒子已經改頭換面了，所以富翁失去了他的線索。

直到他在當天晚上約了幾位好友上來聚舊。他本來只是打算跟他們做個雙方都有利的交易，這也是他最後的讓步了，要是他沒有那些寶石的話，他的公司可能要面臨倒閉的危機。

在聚餐的過程中，富翁身體突然感到不適。他努力地回憶一切，他的身體並沒有異樣。那個時候，富翁突然想到那些人的表情，他們懷疑自己會在食物上下毒，他怎可能這樣做，要是他們死了的話，自己也無法獲得那些寶石了。

慢着……毒嗎？富翁突然像是想起什麼似的。這食物裏……有毒。有人在食物中下毒，想同時毒害他們四個人。會這樣做的人，對他們四個有如此深仇大恨的人，就只有一個人——「王子」。他回來復仇了，他終於動手了。

其餘三個人因為對自己的不信任，所以沒有吃到下了毒的食物。富翁在死前的最後一刻，看到了書房中的那幅畫，想起那些舊事，於是留下了這樣的死亡訊息，提示死者的真正身分。

似乎到了最後，富翁也沒有搞清楚是誰下的毒，他只知道兇手肯定是珠寶商人的兒子。然而莫雷卻充滿信心，能夠這樣做的只有一個人，只有他才能在富翁的食物中下毒；只有他才能進入富翁的房間，撕去他日記的最後幾頁；只有他才能在眾人離開後，把匕首插進富翁的胸口，假裝那是致命傷。

真正的犯人，就是管家，他便是當年綁架案中珠寶商人的兒子。

然而這一切，只是莫雷的推測，他並沒有真正的證據。在現實的案件中，要證實這件事可能還要花費很多時間和精力。然而這是一個模擬的案件，莫雷只需要一個行動，便可以確認這個兇手。事實上，就算不用花掉最後一個行動次數，兇手也是呼之欲出，但莫雷比較謹慎，所以他來到大廳的熒幕前，打開主目錄，當中有「毒藥」和「管家」的選項。莫雷思索了一會兒，還是覺得「毒藥」的資料比較有用。

行動次數：2／8

在毒藥的資料顯示中，現場環境調查並沒有任何異樣，這顯示有人刻意處理了現場的證據。然而案發當天應該有四個人在場，卻只有三套餐具，這是唯一的疑點。

影片播放到此，突然出現一個追加的選項，可以再次調查當晚當場的三個人。莫雷想也沒想，毫不猶豫地選擇了古董商人，因為只有他才知道這些餐具的價值。然而就連他也沒想到，這些餐具上居然沾上了毒藥。

行動次數：1／8

管家並不是在食物中下毒，而是在他們所用的餐具上。這樣一來，當他來收拾現場的時候，便可以將餐具的毒藥清除，探員便無法追蹤到他的身上了。從一開始，管家的目的是向四個人復仇，因此他是想下毒殺死另外幾個人的。

當天晚上，他就在大廳等候，他本以為所有人都會死去，他便能逃離這個城市。然而過了一段時間後，書房的門忽然打開了，他們三個人慌張地走了出來。他們居然沒有死？難道他們沒有吃東西嗎？

管家馬上跑到書房查看，發現富翁已經攤倒在地，奄奄一息。在那一刻，管家的計劃有變，既然不能把他們全部殺光，那就假裝是他們三人動手殺死富翁，讓他們三人來頂罪。於是，在房間找了一把匕首，刺進了富翁的心臟。然後假裝是第一個發現屍體的人，控告另外三個疑犯。

同時，管家也不忘處理掉那些餐具的毒，可是在他處理的時候，卻發現少了一組餐具，無論如何也找不到。

那套餐具是被古董商人順手牽羊的。透過調查，他們發現當中的毒藥，也知道管家在早前曾經購買過相同的毒藥。

解說到此為止，此刻莫雷幾乎已經百分百還原了整個案件的脈絡了。他真的沒想到，自己居然要用盡八個行動次數。也就是說，只要他其中一步錯了，也絕不可能破案。

至此，莫雷在熒光幕上輸入了兇手的名字，以及他的犯案手法和動機。等一切完成後，熒光幕顯示出一條進度線。大概等了十五分鐘，熒光幕再次發出聲音：

恭喜偵探成功找到真正的犯人，破案完整度：91%。

什……什麼？莫雷只答對了91%？莫雷重新回憶他所掌握的所有線索，他幾乎沒有錯過任何線索，也找到真正的犯人，然而他的作答卻不是滿分，這意味着有些重要的線索是莫雷一直忽略了的。

莫雷沒有再猜想下去，從早上到現在，他已經無間斷地集中思考，這一關也花了他足足五個小時，想必外面已經是晚上了吧？這個時候，熒光幕宣佈：

恭喜偵探破案完整度排名第四，獲得晉級資格。

晉……晉級了嗎？看見91％的時候，莫雷還以為自己是無望了，然而下一刻，他卻知道91％居然是第四名。

熒光幕關閉，從兩邊打開。莫雷沒料到這熒光幕後面居然是一個停車場。他在工作人員的指示下，坐上了一輛銀色的車子，前往下一個目的地。在車上，莫雷還一直回想自己錯過了的那9％的真相。一直回想，直到睡着了。

7 五牌魔術

莫雷認真地望着自己手中的牌。

心想：有什麼方法

才能讓對方知道這張牌是什麼呢？

莫雷和一眾偵探菁英在經歷了兩輪激烈的推理遊戲後，終於榮獲晉級的資格，他們的最終目的地是名偵探公會的發源地：「真理之島」。

莫雷下車後，伸了一個大大的懶腰。他看見燈光下的碼頭，已經站着不少人。因為夜色已深，所以他也看不清有什麼人。在狹窄的碼頭上，二十名偵探站成一排。他們的臉孔充滿了疲態與期待。他們獲邀請到此，不是為了解決什麼棘手的案件，而是為了休息，在經歷過種種難關之後，這些偵探也需要好好放鬆一下，這算是他們成功晉級的一種獎勵。

莫雷慢慢步近，發現了一頭銀髮的身影。他認出這個人，馬上熱情地打招呼：「艾倫！」

「莫雷！」艾倫露出了靦腆的笑容，顯得更加帥氣。他對於莫雷的出現並不意外，他相信莫雷有這樣的能力。

莫雷走到他的身邊，忍不住問：「對了，問你一個尷尬的問題。」

「請問吧。」

莫雷始終很介意他那9%到底去了哪裏：「你上一關的完成度是多少？」這些問題本來是不應問的，但是艾倫卻不介意，率直地回答：「91%。」

聽到這個答案，莫雷也驚訝萬分：「什……什麼，你也是91%？換言之，你跟我一樣是第四名？」

「強咧，第四名原來是你！」在黑暗中出現了一把女子的聲音，可是莫雷並沒有看清她的樣子。她接着說：「不是這樣的。第二到十三名的完成度都是91%，公會是根據行動次數和破案時間來排名次的。」換言之，第二到十三名的差距，可能只是因為幾分鐘，甚至幾秒之差。

「那麼第一名呢？」莫雷好奇地問。

「沒有人知道。畢竟……這本來就是不應該討論的事。」她說得對，這種優劣的事情本來就不應該過問，只是莫雷太過好奇了。不只是莫雷，想必其他偵探都十分好奇自己找不到的那9%的真相，所以在莫雷抵達之前，他們早已討論過了。

郵輪在燈光下閃閃發光，就像一顆巨大的鑽石，漂浮在黑夜的海面上。各自為戰的偵探們在登船的那一刻，都能感受到一股由內而發的興奮。他們的眼睛在燈火通明的甲板上遊走，每個人的心中都滿是對未知的好奇和期待。這是莫雷長久以來第一次看到其他人，從資格賽開始，到模擬殺人案件，他都是一個人在破案，沒有見過其他人。

這艘郵輪名為「真理號」，是一艘豪華的三層郵輪，擁有各種娛樂設施，讓他們在完成接下來的挑戰前好好放鬆。偵探們進入了郵輪的大廳，那裏有豪華的水晶吊燈，高大的柱子，和一張張精緻的餐桌。每個人都被分配到了自己的套房，莫雷取過自己的房間鑰匙後，回到房間整理好行李，便馬上回到餐廳。

莫雷和一眾偵探在餐廳享用了一頓豐盛的晚餐，優雅的管弦樂在空氣中飄揚。他們共同的話題不再是案件的細節，而是各自的旅行經歷和趣事，他們說話的語調也輕鬆了許多。偵探們把各種煩惱和壓力暫時放在一邊，享受着這短暫的和平。

吃過晚餐後，偵探們各自離開，他們要好好享用這郵輪上的豪華設施。莫雷來到一個音樂廳，向職員要了一杯威士忌，便默默地享受這舒適的晚上。船長告訴他們，郵輪大概需要十二小時才到達目的地：「真理之島」。莫雷打算好好休息一下，迎接明天的挑戰。

有同樣想法的人不只有莫雷一人，音樂廳已經有其他客人到訪了。這架郵輪十分龐大，莫雷驚訝的是船上只有他們二十名偵探，以及其他工作人員，所以顯得十分寬敞。直到莫雷坐下來，才發現對面有另一個身影，一個熟悉的身影，他早就注意到莫雷的存在。

「我早就知道你不會被淘汰。」他手上拿着一個白酒杯，緩緩地走過來，步姿非常優雅。莫雷認得他的聲音，更認得他的步姿——諾亞．哈丁頓。

諾亞．哈丁頓，被譽為「偵探詩人」，是一位獨樹一幟的偵探界人物，他出生於一個學識淵博的家庭，父親是著名的文學教授，而他的母親則是音樂家。自小，諾亞就在書籍與藝術的熏陶下成長，他的頭腦早熟，對各種知識有着超乎常人的渴望。他特別喜愛詩詞，對他來說，詩詞不只是文字和語言的組合，而是感情與思想的載體。由於莫雷的父親跟諾亞的父親是好友，所以兩人可以說是青梅竹馬，從小便認識。

「但是你能過關，我卻很意外。」莫雷並非認為諾亞的能力不夠，而是這次的資格賽是計時競爭的賽事。而諾亞的推理一向是緩慢而細膩，所以莫雷才認為他在這個賽制之下可能會吃虧。

「那些設計太過明顯，像是小朋友拼圖般，用不着多少時間。」諾亞逕自坐到莫雷的身邊，放下手中的酒杯。

諾亞看着莫雷的酒杯，一邊搖晃着自己的琴酒杯，一邊說，「威士忌，真有你的風格，眼鏡仔。你就是喜歡那種燒焦的口味。」「眼鏡仔」就是莫雷小時候的花名。

莫雷笑了，打趣着說：「至少我不像你，一邊品味着甜美的琴酒，一邊假裝自己是個深沉的詩人。」

聽着船上的爵士樂，諾亞調侃着說：「眼鏡仔，你還記得你第一次嘗試解釋爵士樂的時候嗎？你說它像是一個瘋狂的數學題，一邊讓你痛苦不堪，一邊讓你無法抗拒。我還為此笑了好幾天呢！」

莫雷皺着眉頭，假裝生氣地說：「別提那個了，諾亞。至少我承認我對爵士樂一無所知，那比假裝懂好得多了。還記得你第一次嘗試彈鋼琴的情景嗎？你彈的那首曲子，我還以為是貓在尖叫呢！」

他們的笑聲在酒吧裏迴盪，營造出一種愉快和輕鬆的氛圍，也吸引了不少其他偵探過來。然後，諾亞拿起他的琴酒，對在場的偵探說：「讓我們為暫時的休息乾杯，希望我們都能得到應得的享受。」

莫雷拿起他的威士忌，回應道：「我同意，但我還要為我們的友誼和持續的競爭乾杯。」

昏黃的燈光下，一羣偵探圍坐在酒吧裏的一張大桌。其中一個人談到名偵探公會這次的遊戲設計十分有趣：「居然利用了凱撒密碼，我可是花了一點時間破解呢！」

「凱撒密碼？什麼凱撒密碼？」這時候，諾亞的問題卻使一眾偵探露出了驚訝的表情。

「難道你沒有參加資格賽嗎？」當中一個女偵探露出了不可思議的表情。

「哦，你是說那房間嗎？」諾亞恍然大悟地說：「密碼就是『TRUTH ALWAYS PRECAILS』吧？」

「對呀，不是用凱撒密碼應該沒法破解吧。難道還有其他解密的方法嗎？」眾人面面相覷，紛紛搖頭，表示想不出其他方法。

諾亞擺擺手，搖頭說：「不是這樣的。我看見那個密碼的機關，就想着要不就是公會的格言，要不就是與公會相關的幾個數字，例如重大事件的年份等。所以隨便試了幾個，沒想到成功了。」

在座的所有偵探，包括莫雷，都對諾亞這種大膽的推理方式表示無語。他們不能説這是碰運氣，因為諾亞也是在作合理的推測，實際上也是在分析出題者的思維方式。

一個戴着厚重眼鏡的男士也點點頭，表示理解諾亞的推理：「是的，我明白你的意思。當我解開了凱撒密碼的『TRUTH』後，也再沒有理會後面的數字了，篤定密碼就是『TRUTH ALWAYS PRECAILS』。」

在場的偵探都露出了欣賞的表情。果然不出莫雷所料，這次的比賽真的使他收穫良多。現場都是來自世界各地的精英，他們身上都有很多值得自己學習的地方。

突然，諾亞向莫雷打了一個眼色，他打算上演一場不可思議的表演，讓這班有名氣的偵探大吃一驚。莫雷明白諾亞的意思，是希望自己能擔任他的助手，可是莫雷也不知道諾亞在打什麼主意。

諾亞向酒保拿了一副撲克牌，他的嘴角揚起了一個神秘的微笑，然後將撲克牌展開，展示給所有人看。他告訴在場的偵探們，他將表演一個神奇的黑魔法。

「這個魔術，」諾亞開始解釋，「需要觀眾從這副牌中隨機抽出五張，然後莫雷會選擇其中四張給我看，我再從這四張牌推測出那一張被隱藏的牌是什麼。」這些話聽起來像是跟觀眾們說，但事實上是向莫雷解釋。莫雷要知道他接下來的任務，諾亞才能夠表演出如此驚豔的魔術。

這是諾亞對多年不見的老友莫雷的一個挑戰。

偵探們對此顯得相當驚訝，開始議論紛紛。他們都知道所謂的「魔術」大多數是結合了邏輯推理或障眼法，做出一些看似不可能完成的任務。偵探們覺得這個魔術很有趣，更重要的是，他們被諾亞的自信所吸引，所以他們決定看下去。

除了諾亞和莫雷外，在場還有五名偵探，於是在諾亞的指示下，偵探們每人隨機抽出了一張牌，總共五張牌，並將它們交給莫雷。莫雷仔細地檢查這五張牌，剛開始的時候他也一臉茫然，不知道應該選哪四張牌給諾亞。諾亞是要他隨機選擇嗎？

不！莫雷很快便否定了這個可能性。這個遊戲看似是隨機，然而如果真的是隨機選擇的話，諾亞自己可以叫另外五人把牌交給他，不用經莫雷的手。

「可惡！這小子是在考驗我的能力！」莫雷心裏雖然這樣想，可是卻沒有露出憤怒的表情。他知道，這除了是一種考驗外，也是諾亞對自己的信任，諾亞相信莫雷能夠理解這個遊戲的玩法，也能選擇正確的牌給他。

這是諾亞對自己的對手兼好友的能力認可。

好吧！莫雷認真地望着自己手中的牌。心想：有什麼方法才能讓對方知道這張牌是什麼呢？首先是要解決花色……和數值的問題。

突然，莫雷像是想到什麼似的。當他想到花色的問題時，其他答案都水落石出。接着，莫雷胸有成竹地抽出其中一張牌藏起來，然後將另外四張仔細地排列了一會兒，便交給諾亞。

「現在，」諾亞接着說，他的眼睛在四張牌間移動，「我將從這四張牌中推測出被隱藏的那張牌是什麼。」

莫雷將被隱藏的那張牌放在桌上，等待諾亞的回答。整個音樂廳裏都充滿了緊張的氣氛，所有的偵探都在等待諾亞的答案。

諾亞看着那四張牌，他的眼睛閃爍着光芒，像是瞥見了什麼。他的嘴角揚起了一個微笑，然後他說：「被隱藏的那張牌是梅花7。」

其中一名偵探從桌上拿出那張被隱藏的牌，然後他露出了驚訝的表情，將隱藏的牌展示給其他偵探看，說：「不可思議，諾亞，你是對的。那張牌真的是梅花7。」

整個酒吧頓時爆發出驚訝的聲音，所有的偵探都對諾亞的驚人表演感到驚歎。他們的目光都集中在諾亞身上，他們都在猜測他是如何做到的。

「諾亞，你一定是在作弊！」一名偵探說，他的眼睛充滿了疑惑和好奇。

「不，」諾亞回答，他的聲音充滿了自信，「我只是用了一點數學，一點邏輯，還有一點運氣。」

隨着夜深，諾亞和莫雷的表演成為了酒吧裏最主要的話題。他們的五牌魔術讓每個人都感到驚訝和好奇，他們都想知道如何才能像諾亞一樣，用看似不可能的方式來破解這個謎。

然而，在場的偵探都是經過名偵探公會實力認可的，破解這種魔術把戲只是時間的問題。當中有一名偵探名叫米高，他是一個數學天才，也是一個業餘的魔術愛好者。他站了起來，用一種充滿熱情的語調說：「讓我來解釋一下他們的手法。」

米高充滿自信地從莫雷手上拿過撲克牌。雖然他也是第一次看這個魔術表演，但經過他的推理和思考，已經大致了解背後的原理。

「要破解這個魔術，首先我們要解答一個很重要的問題：為什麼一定要五張牌？」米高推了一下厚重的眼鏡，然後繼續解釋：「這個不可思議的遊戲的關鍵，就在於隱藏牌的花色和數字。」

說到這裏，大部分偵探都明白了，喃喃自語：「對了，撲克牌有四隻花牌，如果是拿五張牌的話，就能保證一定有其中兩張是重複的。」

米高滿意地笑了笑，點點頭，認可他們的推理能力，然後說：「好吧，接下來我們一邊做示範，一邊破解這個神奇的魔術吧。首先，我在這裏隨機抽出五張牌。」米高在眾人面前隨機抽了五張牌，分別是：

黑桃3

紅心8

方塊10

黑桃J（即牌面值為11的J牌）

梅花K（即牌面值為13的K牌）

在這個情況下，**黑桃3**和**黑桃J**的花色一樣，所以接下來的魔術將會以他們作為花色的提示。米高將**黑桃3**和**黑桃J**放在一邊，用酒杯壓在它們上面，接着解釋：「在這種情況下，我們不費吹灰之力就解決了花色的難題。接下來的第二步便要知道數值。」

米高向酒保拿了一張紙巾和一支筆，然後在上面畫了一個圓圈，並寫上從1到13的數字，說：「在數字方面，我們要知道撲克牌的面值最多為13。」當中J牌的面值是11，Q牌的面值是12，K牌的面值是13。

「以順時針的方向數，當中兩張牌的數字最大相差為6。」例如以數字4為例，如果另一張牌的數字是9，那麼它們之間相差便是5；如果另一張牌的數字是10，那麼它們之間相差便是6。

「那如果是**J**、**Q**、**K**的話，不就大於**6**了嗎？」其中一名偵探問，但是他很快便意識到自己問了一個愚蠢的問題，因為從數字**J**（即牌面值為**11**）開始數，順時針**QK1234**，相差也是**6**；如果是**Q**相差則是**5**，以此類推。換言之，在這個情況下，魔術師和他的助手必定要有默契：到底是順時針還是逆時針。在這場遊戲中，莫雷和諾亞在沒有預先溝通的情況下都是選擇了順時針。

「因此，他們兩個人必須先決定隱藏的數字的大小。」如果選擇了順時針方向，那麼莫雷隱藏的牌的數值一定要以遞增的方式顯示。米高繼續推理：「**黑桃3**和**黑桃J**兩張牌中，如果藏起**黑桃J**，由**黑桃3**數到**黑桃J**便要數值**8**，當如果由**黑桃J**數到**黑桃3**便只需要數值**5**，所以在這個情況下，我們應該藏起哪一張？」

「**黑桃3**！」眾偵探不約而同地回應。於是米高把**黑桃3**放在桌子最左邊的第一張，然後把**黑桃J**放在第二張。「這就對了，這樣我們就決定了第一張牌的順序，接着還有這三張牌……如果我們要隨機排列三張牌的話，有多少個組合？」

「六個。」偵探們不假思索便回答了這個問題。這個問題簡直當頭棒喝，回答完這個問題後，在場所有偵探幾乎同時明白了這個魔術的神奇之處。

「1、2、3」三個數字可以有六個不同的組合，包括：

123、132、213、231、312、321

在這個魔術中，魔術師和助手都有默契，除了同花色的兩張牌外，其他三張是用來顯示隱藏牌的數值。以偵探米高隨機選出的牌為例：

黑桃3

紅心8

方塊10

黑桃J

梅花K

當中**紅心8**、**方塊10**、**梅花K**的數值從小到大按順序排例便是：**8**、**10**、**13**，我們從數值較小的牌開始編數值**1**、**2**、**3**，得出有6種規律：

8、10、13 即是 1
8、13、10 即是 2
10、8、13 即是 3
10、13、8 即是 4
13、8、10 即是 5
13、10、8 即是 6

示範的**黑桃J**數到**黑桃3**相差值為**5**，所以米高便把自己手中的另外三張牌按「**梅花K、紅心8、方塊10**」的順序排列，以此提示魔術師。

「這就是這個『不可能的魔術』當中的秘密。跟大多數的數學難題一樣，幾個簡單的謎題，一旦巧妙組合，就能變成錯綜複雜的魔術。」

米高的解釋讓所有的偵探都驚訝不已。他們都被這種巧妙的方法所吸引，忍不住拍起掌來，更對諾亞和莫雷的智慧和默契表示讚賞。

一班名偵探在音樂廳內玩味一個有趣的數學遊戲，大家都沒有意識到夜已深。米高慢慢將牌收回，他說：「這是一種結合了數學和邏輯的魔術，需要高度的技巧和深度的理解。但是，一旦你懂得了其中的秘密，就能在繁複的迷宮中找到真相之光。」

這個夜晚，諾亞和莫雷的五牌魔術成為了那些偵探們的一個難忘回憶。然而明天醒來以後，他們之中的任何一個人都會成為對方的最強對手。

8 組別競賽

偵探一直以來都是以**獨立破案**為主，

然而這一次卻要依靠其他人，

只要其中一名偵探失誤，

其他人就會喪失競賽的資格。

太陽的第一道光芒越過海平面，將天空染成金黃色。莫雷和其他偵探被邀請到郵輪的甲板上，他們終於看到了目的地——一個神秘的島嶼。這座島嶼有着金色的沙灘、濃密的樹林，一座神秘的古堡屹立在島的中央。遠遠看去，這座古堡似乎有着一種神秘的吸引力，讓人不禁想要一探究竟。

船靠岸後，偵探們踏上了這片未知的土地。他們走過金色的沙灘，進入了濃密的樹林。葉子在微風中輕輕搖曳，發出沙沙的聲音。他們穿過樹林，終於來到了古堡的門口。

古堡的石牆斑駁，歲月的痕跡清晰可見。莫雷和其他偵探站在古堡的門口，不禁為這樣的建築風格而驚歎。在工作人員的邀請下，偵探們踏進古堡，首先映入眼簾的是一座巨大的中庭。中庭的中央擺放着一個神秘的水晶球，它在陽光的照射下閃耀着奇異的光芒。周圍的牆壁上掛着各式各樣的掛毯，每一塊都有着獨特的圖案和色彩。這裏的每一個角落都充滿了藝術和歷史的氣息，瀰漫着中古世紀的魔幻氣息。

偵探們被帶到一間寬敞的餐廳，餐廳裝飾着精緻的掛毯和古老的油畫。鑲金的吊燈從高聳的天花板垂下，投射出柔和的光線。長桌上鋪着雪白的餐巾，銀色的餐具和晶瑩的玻璃杯在燈光下閃閃發亮。

午餐的主持人是一位老管家。他身穿黑色的燕尾服，頭上戴着黑色的禮帽，手持一個銀色的服務盤。他的臉龐經過時間的洗禮，變得愈發深沉。他的眼神裏充滿了智慧和經驗。

「女士們，先生們，歡迎來到布萊克伍德古堡。我是這裏的管家，阿爾弗雷德。」偵探們的目光都聚焦在老管家的身上，他的話語在空氣中迴響。

「這座古堡有着悠久的歷史，每一塊石頭，每一塊木頭，都充滿了故事。我衷心希望各位名偵探能感受到這座古堡的獨特魅力。」老管家的話語充滿了尊重和敬意，他的目光在每一個人身上流轉，仿佛在邀請他們一起體驗這座古堡的神秘。

諾亞首先開口：「尊敬的阿爾弗雷德先生，我們很榮幸能來到這座美麗的古堡。我希望我們的到來，能為這裏的故事增添一些新的篇章。」

老管家微微一笑，他的眼神中閃爍着認同和欣賞，說「諾亞·哈丁頓先生，我相信你們的確會。我期待着各位名偵探的表現，我期待着你們的冒險。」

聽到老管家叫出了自己的全名，諾亞反倒有些驚訝於他的專業。諾亞也是一個典雅的紳士，馬上又向老管家行了個禮。

接着，老管家便指示下人們上菜。老管家的舉止優雅，他輕輕地打開紅酒，讓酒香緩緩在空氣中散開，然後逐一為偵探倒酒。上菜後，老管家為偵探介紹每一道菜的來歷和烹調方法。菜餚是由古堡的廚師精心烹製的，每一道菜都有其特色，有新鮮的海鮮沙拉，搭配着清新的柑橘醬汁；有烤羊排，外皮烤得酥脆，肉質鮮嫩多汁，搭配着香草和蒜蓉的調味料。

偵探們在享受美食的同時，也在欣賞這座古堡的一切。午餐結束後，老管家走到大廳的一側，那裏擺設着一個典雅的甜點桌。桌子上放着五種精美的甜點，每一種都吸引着偵探們的目光，老管家將每一種甜點介紹給偵探們。

「我們今天的甜點有五道，」老管家開始説，他的目光在每一道甜點上輕輕掃過。

「首先是巧克力歐培拉。這是一種法國的經典甜點，由濃郁的巧克力蛋糕和香滑的巧克力醬組成，外層包裹着一層薄薄的巧克力醬，口感豐富，香甜可口。」

接着，他指向第二道甜點：「這是我們的特製巴斯克燒焦乳酪蛋糕，它的表面烤得金黃酥脆，內部則是柔軟濃厚，帶有一種特殊的焦香味。」

然後是第三道甜點：「這是我們的草莓塔。新鮮的草莓配上香滑的卡士達醬，底部是酥脆的塔皮，甜而不膩，酸甜適中，相信你們一定會喜歡的。」

老管家緊接着又指向另一盤甜點：「這是我們的經典法式馬卡龍，我們今天準備了四種口味：香草、覆盆子、檸檬和巧克力。這些馬卡龍外皮香脆，內餡滑膩。」

「不好意思，請往這邊走。」管家説着，然後從眾人身邊走過，走到甜點桌的一角，揭開最後一個精美的銀盤上的蓋子。

「這是我們的特製英式布丁，」他邊揭開那個蓋子，邊說：「這是一個古典的英國甜點，外層是烤得金黃酥脆的麪包，內部則包含了濃郁的奶油和香甜的葡萄乾。這個布丁沐浴在一種特製的焦糖醬中，使它看起來極為誘人。」

介紹完畢，老管家微笑着對偵探們說：「現在，請各位自由選擇你們喜歡的甜點，享受午餐後的甜蜜時光吧。」偵探們便開始各自挑選了他們喜歡的甜點。

說來就巧，這裏有五款不同的甜品，而且每款甜品剛好只有四件。換言之，他們每人只可以選擇自己最喜歡的甜品，而不能多吃。這對莫雷而言是一種痛苦的選擇，因為他很喜歡吃甜點，無論是哪一種，看起來都十分好吃，使莫雷垂涎欲滴。

偵探們一個個拿起自己喜歡的甜品，桌上的甜品也一個一個不見了。於是莫雷馬上作出選擇，拿了看起來十分美味的英式布丁。

當所有人都享用完甜點後，老管家站了起來，清了清喉嚨，然後開始宣佈接下來的安排。

「各位，希望你們都喜歡今天的安排。」他開始説，聲音在整個大廳中回盪。「現在，我們要開始下一個活動了。這將是一個分組的活動，而分組的方式將根據你們剛才選擇的甜點來進行。」

他靜靜地看着眾人，偵探們正在消化這突如其來的消息，所以老管家繼續解釋道：「也就是説，吃同一種甜點的人將會成為一組。那些選擇巧克力歐培拉的人，請你們聚在左邊；選擇巴斯克燒焦乳酪蛋糕的人，請你們聚在右邊；選擇草莓塔的人，請你們聚在另一邊；選擇馬卡龍的人，請你們聚在前面；最後，選擇英式布丁的人，請你們聚在後面。」

老管家的聲音充滿了權威，但同時也充滿了溫暖和友善。他的話語讓大廳裏的氣氛變得活躍起來，偵探們都向他所指的地方移動，他們的臉上都帶着期待和興奮的表情。

「嗨，我們又一組了。」莫雷還未轉過身去看，便聽見那把熟悉的聲音了。沒想到自己居然會和諾亞同一組，這不知是好事還是壞事。莫雷很清楚諾亞的實力，他肯定不會拖累自己的步伐，但誰也不知道，這個遊戲他們要合作，難保下一個遊戲，諾亞就成了自己的對手。不過想太多也於事無補，這一刻他們只要好好合作完成下一關便可。

「大家好，沒想到我們會以這種方式見面。」另一個隊友是米高。

莫雷昨晚見識過他的推理能力，對他是十分有信心的。

最後一個成員叫莉莉，就是早前在岸邊解答莫雷問題的女生。

接下來，管家開始講解這次的任務。這一關是分組合作的任務，對莫雷而言十分新鮮。偵探一直以來都是以獨立破案為主，然而這一次卻要依靠其他人，只要其中一名偵探失誤，其他人就會喪失競賽的資格。因此這一次，他們必須發揮團隊合作的精神。

老管家微笑看着各位偵探，介紹接下來的遊戲規則：「這個遊戲名為『冒險者遊戲』。我們的莊園裏有四個特別的房間，每個房間都有不同的佈置與謎語。你們的任務就是解開這些難題，找到對你們有幫助的工具。」

老管家一邊帶着各位偵探到不同的房間，一邊介紹道：「每一個組別將會分別進入一個房間。你們需要運用自己的觀察力、推理能力，甚至是團隊合作的能力，來解開這些謎語。最先破解謎語的組別，才可以進入最終的關卡。」

果然如此！如同莫雷所想的一樣，在這一關他們雖然是隊友，但也意味着下一關，他們便是自己的競爭對手。無論如何，還是得拿下這一關，要是在這裏止步的話，也別想什麼競爭對手了。在場二十名偵探都明白這個道理。

老管家微笑着朝他們點點頭，然後把他們帶到四個不同的房間門口。他分別給他們一條小小的鑰匙，告訴他們這是開啟冒險的鑰匙。

「現在，讓我們開始冒險吧！」老管家最後說道，他的眼神閃耀着期待和興奮。偵探們握緊手中的鑰匙，他們的眼神也充滿了決心和勇氣。他們開啟了門，進入了他們的冒險之旅，期待着解開謎語，並找到出口的鑰匙。

9 冒險者的日記

莫雷深吸一口氣，然後闔上日記。

他知道，接下來的**旅程**

將不再是一個人的**冒險**。

當老管家關上每一扇房門後，五組偵探們分別開始他們的冒險之旅。大廳裏的凝重氣氛瞬間變得濃厚，彷彿可以觸摸得到。每個人的心跳都在緊張與期待中加速。

老管家微笑看着四扇門，他的手抓着一根繩子，繩子的另一端繫着一個銅製的鐘。「冒險開始！」他低聲説着，然後拉動繩子，鐘聲在整個莊園裏迴響，彷彿是中世紀的典禮開始。

在鐘聲響起的同一刻，所有偵探馬上行動起來。他們心裏多多少少都明白，這一次的結果不但是個人的榮譽，更會影響到其他隊員的進展。因此，就連悠閒的諾亞此刻也加緊腳步行動。

當莫雷踏入房間，一股強烈的陳年書香味撲鼻而來。房間裏佈滿了古老的地圖，每一張都有其獨特的紋理和色調。地圖室裏，舊地圖與古老的書籍交錯擺放，有的已經泛黃，有些甚至已經破損。書架上堆滿了各種魔法書籍，每一本都有精美的封面和神秘的符號。莫雷的手指輕輕滑過這些書籍，仿佛可以感受到那些古老的魔法力量。

直到看到這個地方，莫雷終於明白為什麼這個關卡叫做「冒險者遊戲」了。遊戲的設計者，就是古堡的主人，他是冒險愛好者。剛剛來到這個島上的時候，莫雷就留意到這件事，因為古堡的設計讓他們宛如置身魔法世界。

後來聽到老管家的介紹和關卡的玩法後，莫雷就更加肯定這一點。在這一關需要四人小組合作，這種模式就像是冒險小說中的冒險者隊伍般：有勇敢的戰士，有機智的魔法師，有敏捷的弓箭手，還有虔誠的傳教士。他們四個人就是扮演不同的職業，共同破解謎題。

看到房間的佈置，莫雷知道自己代表的是「魔法師」。在這個魔法般的環境中，莫雷感到了一種前所未有的興奮。他的眼睛瞥見了一個銅製的神秘球體，球體上刻滿密密麻麻的符號，像是一種魔法的秘密語言，這些符號並不屬於任何已知的語言或密碼系統。在神秘球體的旁邊，還有一個魔法圓圈，上面擺放着各種形狀奇特的魔法道具。

莫雷走近神秘球體，被它的氣息吸引。他緩緩地伸出手，輕輕觸摸着那些深深鏤刻的符號，試圖理解它們的意義。他的手指在神秘球體上滑動，仔細地尋找一個暗藏的秘密開關。

接着，莫雷又走向一旁的書架，選擇了一本看起來最古老的書籍。他翻開書頁，裏面記錄着一個國王的冒險旅程。他的目光在書頁上來回移動，嘗試將書中的故事與神秘球體上的符號連接起來。或者在這些書籍中，會有關於神秘符號的解讀方式。

莫雷坐在繁複的魔法地圖前，眉頭緊皺。在他手中的是一本陳年的日記，書頁上滿是褪色的字跡和神秘的符號。他的目光在字跡和符號之間穿梭，試圖找出其中的脈絡。

從日記的內容可以知道，作者是一位古老的魔法師，他在日記中記錄了他的生活與冒險。在日記的最後幾頁，魔法師留下了一個謎題，這個謎題與房間中的巨大地球儀有關。

從日記可以得知，這位魔法師更是一位吟遊詩人，他設計的謎題是一段詩，莫雷反復閱讀這段詩：

來自東方的魔法師披着銀髮
尋尋覓覓，帶着他驕傲的名字
過去的仇恨不會被忘記
當月亮與太陽在同一條軌道上交錯
他的秘密將會被揭示

看到這裏，莫雷將視線轉向神秘球體，他的手指輕輕在神秘球體的表面劃過，每當手指觸碰到神秘球體，它的表面便會亮出淡淡的藍光，像是在施展魔法一般。神秘球體上有各種奇特的符號和標記，每一個都代表一個特定的地點。在魔法師的日記中有記載，他曾經遊歷這個世界，並將當中的故事記錄在這個神秘球體內。

日記其中一段內容，曾記錄他在東方遇見一個神秘的魔法師，那位魔法師靠着自己的能力和智慧，興建了一座城市。日記的主人跟這位東方魔法師是好友，後來他們分別了，日記的主人要繼續去其他地方冒險。

莫雷未能解讀出第三句「過去的仇恨不會被忘記」的真正意思，然而「月亮與太陽在同一條軌道上交錯」一句，很可能是指日蝕或者月蝕這種天文現象。發生這種現象時，太陽、地球和月亮會在同一條直線上，這就像是在天空中畫出了一條軌道。

就在這時，燈光突然熄滅，整個房間陷入一片黑暗。莫雷愣住了，他的心中充滿了困惑。然而，當他抬頭看向天花板時，他的眼睛瞬間瞪大。看到這裏，莫雷將視線轉向天花板，那裏掛着一個巨大的圖像，記錄了不同天文現象。在黑暗中，這些圖像變得格外鮮明。

然而下一瞬間，房內的燈光又亮了。要不是房內的燈突然變黑，莫雷很可能要花更多時間才能找出答案，因此他很納悶：難道是自己觸碰了房內的機關嗎？這真是神奇的設計，像是置身於魔法世界一般。

在白光下看不見天花板的圖像，像是完全消失了一般。莫雷馬上找到開關，關上了燈光，天花板的地圖又再一次呈現在他的眼前。莫雷將代表「東方魔法師」的座標移動到指向巨大圖像上代表日蝕的位置。

當神秘球體轉到正確的位置時，一道光芒從神秘球體的表面照射出來。神秘球體緩緩向四方八面打開，裏面藏有一個包裝奇怪的方盒，這就是魔法師的「鑰匙」。

莫雷仔細地收起青銅方盒，隱藏在他的大衣內側口袋中。他知道，這只是開始，他將面臨更大的挑戰。他打開手中的日記，閱讀魔法師的最後一段文字：

聰明的魔術師，你發揮了自己過人的觀察力。但要解開所有的秘密，你需要找到其他的冒險者，並集結他們的智慧。

莫雷深吸一口氣，然後闔上日記。他知道，接下來的旅程將不再是一個人的冒險。他需要找到其他的偵探，並與他們合作，才能解開更大的謎題。

就在莫雷破關的同時，米高步入的房間猶如古代校場，四周的牆壁由粗糙的石塊堆砌而成，頂部則裝飾着鐵製的火炬，投射出微弱的光線。牆壁上不僅掛着各種古老的武器，如長矛、劍盾和弓箭，還有一些看起來像是魔法武器的東西，如鑲有寶石的權杖、雕刻着奇特符文的斧頭，甚至還有一枝看起來像是由純金鑄造的長矛。在房間的一角，一個石碑上刻着古老的戰士誓言，每個字都充滿了力量和勇氣。米高成功破解當中的謎題，獲得了第二個線索：一個刻有神秘符文的四角錐體。

——·◇·——·◇·——

莉莉到了一個模擬魔法森林的房間。房間裏充滿了各種樹木和動物模型，四周覆蓋着各種樹葉和藤蔓，它們緊緊地攀附在石塊上。在房間的一側，一座巨大的樹木模型高聳入雲，樹幹上刻有各種神秘的符號和圖案。有的樹皮上刻着像是臉孔的圖案，眼睛閃爍着綠色的光芒。在一些角落裏，還有些小精靈和妖精的雕像，它們看起來就像是真的一樣，仿佛隨時會跳出來。地面上散落着各種大小的石塊和樹枝，仿佛在等待着莉莉去尋找隱藏的線索。莉莉似乎找到銀髮魔法術的家族秘密，得知「銀髮」是當年的詛咒，也是他們強大魔法的來源。莉莉在這裏獲得了第三個線索：一個三角形的封印水晶，用來封印古代魔物。

諾亞走進的房間是一所教堂，牆壁裝飾着精緻的壁畫和彩窗，它們展現出各種宗教故事和象徵物。在房間的中央，一座大型的祭壇矗立在那裏，祭壇上不僅有聖物，還有各種祈禱用的蠟燭和聖水，充滿了神聖和莊重的氣息。在祭壇的旁邊，還有一個巨大的魔法陣，那個魔法陣上刻着各種神秘的符號，它們在火光的照射下閃爍着金色的光芒。

諾亞緩步走到魔法陣上，迅速看出了魔法陣的謎題，並觸發了房間的機關，一道石門在祭壇中央出現。門上有四個石盤，每個石盤都有一個怪獸的浮雕，並且都有一個可以旋轉的部分。他走近石門，用手輕輕摸過每一個怪獸的浮雕，他的眉頭緊鎖，他知道這是一個需要解開的謎題。

他轉身觀察房間內部，他的視線落在牆上的畫作上。壁畫上描繪的正是那四頭怪獸，並且每一頭怪獸都有一個特定的旋轉方向。諾亞瞇起眼睛，仔細觀察繪畫，然後轉頭看向石門，他嘴角上揚，似乎找到了一些線索。他走向石門，手指輕輕滑過石盤，根據繪畫上的旋轉方向，他逐一調整了怪獸的位置。

一陣輕微的震動從石門傳來，石門緩緩打開，露出了一個透光石盤。

「成功了！」諾亞輕易地破解了當中的題目。

四位偵探各自找到自己的線索後，不約而同地走在城堡的中庭集合。從他們進入這古堡開始，就認定了那水晶球有不尋常之處。

在中庭的正中央處，四位偵探圍坐在一張巨大的檀木桌旁。他們的目光集中在桌子中央，那裏放着一個水晶球，以及他們各自找到的神秘物件。

第一個站起來的是莫雷。他從口袋裏拿出一個銅製的方盒。他輕輕打開盒子，盒的表面有不同的洞，他們並不知道這意味着什麼。

接着，米高也從他的背包裏拿出一個刻有神秘符文的四角錐體，他將錐體放在桌子上，說：「我找到了這個金字塔。」米高這樣形容眼前的四角錐體，他的比喻着實很奧秘。那個四角錐體的頂部有一個小洞，在米高的指示下，其他人都看見了，這似乎與莫雷的銅製方盒有什麼相同之處。

然後，諾亞也拿出了他的透光石盤，石盤上刻着複雜的線條和符號。看到前面兩個道具後，他大概知道他們需要組合四個人的道具，然後打開什麼機關。在諾亞看到莫雷的盒子的一刻，他留意到了其中一面有一個看似符紋的機關，那正好跟他的石盤相呼應。於是諾亞將自己的石盤扣在方盒上，果然位置剛好。「這個石盤，」莉莉說，「它可以折射光線。」莉莉的話提醒了大家，這正正是大家聚集在這裏的原因。

這個水晶球太可疑了，但是從表面上，他們四個人還看不到有什麼端倪，於是米高將手上的四角錐體沿着水晶球的四邊，套在球體上面。此時，不可思議的事情發生了：光線從四角錐體的塔尖進入水晶球，然後產生多角度的折射，讓四角錐體看起來居然閃閃發亮。

在普通的光線下他們沒有發現這一點，然而只有單一光線源的時候，這水晶球的反射變得更加明顯。諾亞將莫雷的銅製方盒蓋在四角錐體外面，方盒表面的洞透出了光，但這一刻的影像仍然模糊。看到這一幕，諾亞卻笑了，他知道自己的想法對了。

他再次將透光石盤扣在方盒上，輕輕轉動，方盒表面的洞出現了變化，有的關上了，有的打開了。全部小洞集中在透光石盤那邊，透過石盤的聚焦映射在牆上。牆上出現了一幅地圖，正確來說，是一幅雜亂不堪的地圖。偵探們可以隱約看得出那是地圖，因為顯示了不同的建築物。但為什麼說是雜亂不堪？因為有太多東西重疊在一起，他們想認真研究也幾乎不可能。

然而他們卻知道，這個方向是沒錯的，因為他們還有一個道具未用，可是他們都不太清楚，那個道具應該放在什麼位置。

莉莉手上的三角封印水晶，它的真正作用是什麼，大家都一籌莫展。

突然，米高停止了動作，他的目光銳利地盯着手中的銅盒，又看到那個透光石盤，口中喃喃自語：「原來如此，原來如此……」

「米高，你想到了什麼？」莫雷馬上問。米高並沒有回答他的問題，而是從莉莉接過三角封印水晶，然後放在透光石盤上，不斷轉動，調整方向。隨着米高轉動三角封印水晶，牆上的「地圖」居然發生了變化，原本混亂而多色的地圖，慢慢改變了顏色，直到變成一片紅色。

「原來如此，這是稜鏡折射的原理……」看到紅色的影像後，諾亞馬上明白了這種神奇的加密設計。

他們四人看着那幅由光線形成的地圖，一股激動和緊張的情緒在他們之間流動。四人的眼神交匯在一起，互相確認了他們已經找到了解開光線謎題的答案。

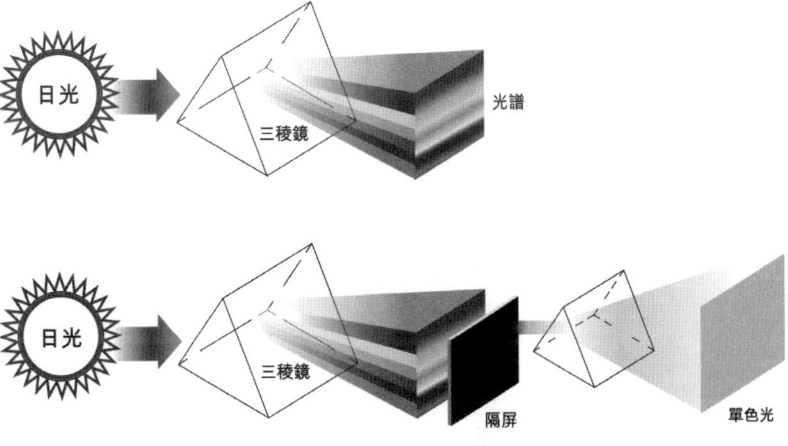
日光
三稜鏡
光譜
日光
三稜鏡
隔屏
單色光

光暈中出現了一個新的清晰圖像，指向牆壁左下的角落。莫雷上前一看，當他走到牆壁時，看到了一個之前完全未注意到的細節。那是一個小小的凹槽，是被人工刻出的。牆壁的四周有一些塵灰，似乎曾經被打開過。莫雷的手指輕輕滑過凹槽的邊緣，感覺到石頭的冷硬和時間的痕跡。

莫雷用力壓下凹槽，然後發生了奇妙的事情。整個牆壁開始震動，他能聽到石頭摩擦的聲音，此時，莫雷才頓時明白到，那些塵灰便是開啟機關所產生的。然後，他看到牆壁慢慢地分開，就像是一扇門正在打開。

四位偵探驚訝地看着這一切，臉上都露出了驚愕的表情。他們知道這裏是真理之島，他們知道這裏是名偵探公會的發源地，他們知道對於公會而言，這種機關不算是什麼。然而當他們親眼看到的時候，還是忍不住露出了驚訝的表情。

因為他們到此刻才真正知道，真理之島的真正模樣，原來就在這牆壁之後。

10 真理之島

他們無法預知前方會有什麼，
但他們知道，
只有前進，才能找到答案。

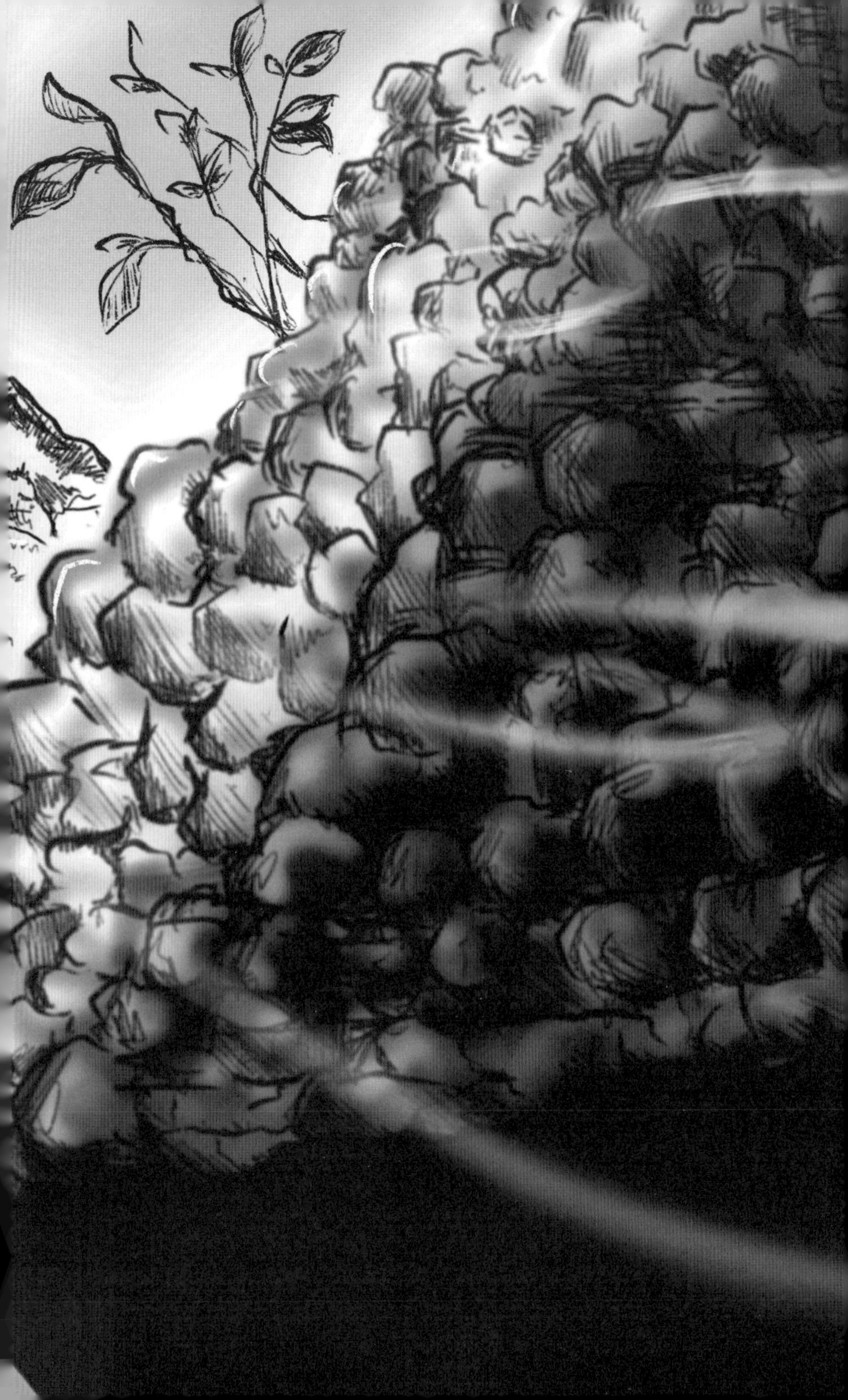

眼前的景象讓他們驚訝不已——一條小溪在石牆後的空間中穿梭而過，溪水清澈見底，泛着淡淡的日光。溪邊停靠着一艘小船，船身簡單而穩固，浮在溪水上如同一片葉子。

此時，老管家出現在他們面前，他的臉上掛着一個神秘的微笑，彷佛已經預見了他們的到來。老管家恭敬地對四位面前偵探説道：「恭喜你們成功進入了最後一關，現在請你們上船，沿着這條小溪前往終點。」

莫雷心裏當然知道，這並不是一次普通的航行，小溪的另一邊也絕不是什麼「終點」，那僅僅只是一個起點。他們無法預知前方會有什麼，但他們知道，只有前進，才能找到答案。

諾亞首先跨上了小船，其餘兩人也接續上船，最後莫雷跨出那一步。小船在溪水中悠悠前行，周圍的景象在他們的眼前慢慢展開，如同一幅古老的畫卷。每一寸土地、每一片葉子、每一滴水珠，都仿佛在講述着古堡背後的故事。

米高望着前方的島嶼，嘴角揚起一絲微笑。他轉頭看着身邊的夥伴，語氣略帶遺憾地說：「我們曾經是夥伴，但現在，我們卻要相互競爭，真是讓人感到遺憾。」

諾亞看着米高，淡淡地回應：「我們關係的變換，如同季節的更迭，唯一不變的是我對過去的珍視與尊重。」忽然，他詩興大發，在船上輕吟一首詩：

我們曾共渡風雨，同行於生活的狹徑，
我們走向不同的道路，
朋友，成為彼此的對手。

我們的心，如同被風吹散的落葉，飄散在空氣中。

曾經的笑語和歡笑，如今只留下寂靜，
曾經的共享和信任，如今只剩下猜疑。
夕陽般的友誼，黯淡卻耀眼。

我們不會感到痛苦，也不會恐慌，
宛同清晨的微風，輕輕吹過羊羣。
只是生命的轉變，如同潮起潮落。

我會將這些記憶，藏在心底的最深處，
就像在書頁間保存的一片枯葉，默默記錄我們的過去。

「這裏的空氣，仿彿還留有過往的痕跡……」愈接近終點，他們身處的地方便愈發狹窄，莫雷的話語在空氣中留下了一絲絲寂靜。

隨着小船的進行，他們發現了周圍的景象逐漸變化。原本平靜的小溪變得波濤洶湧，船身猶如一片葉子，在波濤中搖擺。他們緊握船桿，挺直脊樑，老管家也加快了自己撐船的速度。

「看，前面有光！」莉莉用手指着前方，她的聲音響徹每一個角落。

船在光線的引導下緩緩前行，他們的心跳聲在空氣中回盪。然而，當他們的眼睛逐漸適應那道光，他們看到的景象卻讓他們震驚不已。

「這……這是什麼地方？」莉莉驚訝地問道。

他們眼前的景像與他們所想像的完全不同。他們看到的不是一片繁華的城市，也不是一個富饒的土地，而是一個破舊的廢墟。這個廢墟顯然經歷了無數的歲月和風霜，每一磚每一瓦都留下了時間的痕跡，每一片灰塵都載着過去的歷史。

就在這時，老管家站了出來，他的眼中閃爍着光芒，溫柔地說：「這裏，就是真正的『真理之島』。」

這個答案讓眾人都感到驚訝，他們看着眼前的廢墟，無法相信這就是他們一直尋找的真理之島。

「這怎麼可能？」米高疑惑地問道，「這個頹垣敗瓦的地方，怎麼可能是真理之島？」

老管家微笑着說：「真理並不總是我們想像中的那樣。這個破舊的廢墟，它記錄了歷史的變遷，承載了生與死的輪迴，它就是真理的象徵。我們來這裏，不是為了尋找一個具體的地方，而是為了尋找一種理解，一種對真理的理解。」

「真理之島……到底發生過什麼事情？」眾人心中都抱着這個疑問。

管家的眼神變得深沉，他的聲音帶着一絲哀痛和憂鬱，他緩緩地說：「二十年前，這裏發生了一場無法挽回的悲劇，這也是為什麼這裏變成了今天這個樣子。」

他的話讓所有人都感到震驚，他們從未聽說過這件事情，他們看着眼前的破舊之地，心中充滿了疑惑和不解。

「悲劇？」諾亞似乎對這個故事充滿好奇。

「難道是……爆炸狂魔的事件?」突然間,莉莉說出了這一句話,讓在場的眾人都感到驚訝。老管家也感到不可思議,這件事應該是偵探公會的秘密,一般普通大眾是不可能知道這件事的。老管家看着莉莉的眼神變得有些不一樣。或者……眼前這些人並不是普通的偵探,他們的來歷,都遠比自己想像中更不簡單。

他們每一個人,都帶着個人的目的來到真理之島。

管家點點頭,事到如今,似乎也沒有隱瞞的必要。他的眼中閃爍着淡淡的悲傷,他說:「是的,一場悲劇。但這件事情,大眾並不知道。」

二十年前,偵探公會驟然發生了一場劇變,那是一個點石成金的時代,也是一個混沌不堪的時期。

當時，偵探公會是全世界最具權威的調查機構，有着一羣才華橫溢的偵探，他們憑藉着敏鋭的直覺和超凡的推理能力，解決了許多看似無解的案件。然而，就在這個看似平穩的時期，一宗讓整個世界為之震驚的事件發生了。

那是一個寒冷的夜晚，偵探公會的總部突然發生了一起爆炸事件，總部的建築瞬間變成了一片廢墟。當時，公會裏的偵探們正在進行一場重要的會議，根據傳統，所有高層人員都聚集在真理之島上。然而，那天晚上卻發生了偵探公會史上最大的悲劇，一場爆炸突然來襲，會議當中的人員根本來不及逃生。總部的毀壞，讓偵探公會的力量大幅削弱，並引發了一場未曾預見的混亂。

爆炸事件震驚了全世界，人們對偵探公會的信任開始動搖。原本被視為無所不能的偵探們，以推理和破案聞名世界，卻在這場爆炸中顯得如此無助。

在混亂之中，一個傳言開始在公會內部流傳。有人說，爆炸的真正原因，並非是外部的攻擊，而是公會內部的一場權力鬥爭。

在這種情況下，偵探公會的領導人——亞瑟．道爾決定挺身而出，他努力重建公會的秩序，並尋找爆炸的真正原因。他組建了一個小組，包括當時最具才華的偵探「藍鳳凰」和「孤狼」，並開始了一場艱難的調查。

一方面，他們必須調停各方的矛盾，重建公會的秩序。另一方面，他們也必須找出爆炸的真正原因，並找出與手稿相關的秘密。這場調查，帶給他們無數的困難和挑戰，但他們仍然堅定地前行，因為他們知道，只有找出真相，才能終止這場混亂。

調查的過程中，他們遇到了許多看似無法解釋的現象和線索。爆炸的源頭，手稿的真實訊息，公會內部的權力鬥爭……所有這些，都成為他們需要解開的謎團。在這種壓力之下，他們也發現，公會中有一部分人，並不希望他們找到真相。他們在調查的道路上，遇到了許多阻力和威脅。

然而，正當他們陷入困境之時，他們在手稿中找到了一個重要的線索。這個線索指出，手稿的創作者，居然曾經預言過一場大災難。這場災難的發生，將會改變偵探公會的命運。當他們進一步研究這個線索時，他們發現，這場災難，就是他們現在正在經歷的一切。

隨着調查的深入，他們逐漸揭示了事件的真相。原來，爆炸的發生，並非是偶然。而是一個精心策劃的陰謀，一個強大的組織，他們擁有着強大的力量。

老管家的話讓偵探們都感到驚訝，他們不明白為什麼一件如此重大的事情，大眾卻一無所知。

「為什麼大眾不知道呢？」莫雷疑惑地問道。

老管家微笑着說：「追尋真相是偵探的工作，大眾只關心自身的利益。」

老管家的話戛然而止，他們也在廢墟的中央停了下來。老管家指向前方一間石製的房間，那裏的入口被藤蔓和雜草纏繞，只留下一道狹窄的通道。那間房間看似舊舊的、簡陋的，但卻散發着一種神秘的氛圍，讓人望而生畏。

他們小心翼翼地跨過入口的雜草，進入了那間神秘的房間。房間內部比看上去更寬廣。空氣中瀰漫着一種古老的、潮濕的味道，讓人感覺像是走進了歷史的深處。

這間房間就像一個時間的囚籠，將過去的光榮和神秘完整地保存了下來。眾人在一間寧靜的房間裏聚集，那是一個充滿着古老氣息的地方，牆上掛着多年來熏黑的油畫，映照在微弱的燭光下，顯得格外的神秘和詭異。在房間的中央，放置着一個古老的木箱，它經歷了時間的洗禮，顯得有些破舊，但那種獨特的古樸和樸實，卻使它更加的吸引人。

眾人的心中充滿了期待，他們知道，箱子裏面原本應該放着一卷重要的手稿，那是他們尋找真相的關鍵。雖然莫雷在參加這次名偵探競賽之前，曾聽過相關的傳聞，這次的勝利者可以打開名偵探公會手稿，這是一個難能可貴的機會。要知道，這卷手稿更像是公會的鎮會之寶，據說當中記載了公會發跡至今的所有歷史真相。

市民大眾所知道的故事，大多是道聽塗說，人云亦云，根本沒有人在乎事實的真相，他們只是茶餘飯後討論，所以這數十年來，公會有不同的傳說誕生。然而，經歷了時間的洗禮後，哪些是真實，哪些是虛構，界線已經模糊不清了。只有手稿中的記載，才是真正的歷史。

關於莫雷父親死因的真相，很可能就在其中。老查理說過只要莫雷能夠獲勝，就會告訴他真相，或者，老查理是在暗示手稿的事。

除了莫雷以外，其餘幾人都對手稿的事情並不陌生，他們也有自己的秘密，更重要的是，他們想知道的真相，也許就在手稿之中。然而，今天只有一個人能夠獲得手稿，能夠解開自己心中的謎。

「我們就要揭開歷史的面紗了。」米高深吸一口氣，他的聲音在空中迴盪。莫雷、諾亞和莉莉一同屏住了呼吸。他們的眼神都集中在那個木箱上，期待着即將揭示的秘密。

老管家小心翼翼地打開並不高明的機關，用左手捧起木箱，右手不知什麼時候多了一把鑰匙，木箱並插進轉動，隨着「咔」的一聲，眾人露出了驚訝的表情。

「什麼？」米高愣住，無法相信自己的眼睛。

11 失落的手稿

在這羣偵探的心目中，

「真相」才是真正的無價之寶。

「這就是我們來這裏找的寶藏嗎?空氣?」莫雷首先打破了沉默。

「或許這就是生活的實際寫照，」諾亞笑着說:「我們總是對未知充滿期待，但最終發現，未知只是空白。」

「不，」莫雷堅定地說，「我不相信。一定有人已經提前找到這裏，把手稿偷走了。」

「偷?你們説什麼……」看見他們的反應，老管家意識到有些不妥。他馬上把箱子轉過來，當管家看到空盪盪的箱子，他的眼神瞬間變得空洞和恐慌。他嘴唇顫抖，瞪着眼睛看着箱子，好像要從中找出一些什麼來。

他從來沒有遇過這種事，他不知道該如何處理。他轉頭看向眾人，他的眼神充滿了懇求和無助。他的聲音變得沙啞和無力，他對眾人說：「我……這……這不可能……」

「雖然你這樣說，但這確實是發生了。」莉莉無情地說出了事實的真相：「有人比我們更早來到，偷走了手稿。」

在眾人震驚的目光之中，管家緊緊地盯着空盪盪的箱子，他的眼神中閃爍着不可置信的驚愕。他的身體微微顫抖，手心出了一身冷汗，一時間，他一向的沉穩和從容，似乎在這一刻都煙消雲散了。

「不……這裏……只有一個入口。」老管家拚命地回憶，在他們成功解謎之前，他壓根就沒有見過其他人：「我一直都在入口守候着，沒有半個人進來過。」

聽到老管家的形容，四位偵探反倒一點意外也沒有。換言之，這就是不可能的犯罪，這不正是他們經常遇到的案件嗎？

「所以說，我們又要暫時合作了嗎？」莫雷笑着對其他人說，他真沒想過這一次合作來得如此快。

「能夠和你們一起破案，我並不反感。」莉莉雖然沒有笑容，卻也不討厭這幾位聰明的隊友。

「好吧！那我們又暫時再做一次隊友，好好享受這場冒險吧！」聽到又可以跟眾人合作，米高變得興奮起來。

「居然有人膽敢偷走名偵探公會的物品，這真是有趣的想法。可惜的是，這次他的對手是我們。」諾亞充滿自信地說。

「那就開始吧，我們沒有時間可以浪費了。」米高的聲音帶着決心。

在老管家的驚慌和無助中，眾人立時開始了行動。他們知道，現在並不是沉默和恐慌的時候，而是要迅速地找出失去的手稿，找出那個敢於犯下此事的犯人。

他們開始在房間內展開搜查。他們細心地檢查箱子的每一寸，希望能找到一些線索。然而，他們發現，犯人是一個心思細密的人。他將箱子打開的痕跡近乎完美地消去，仿佛箱子從來就沒有被打開過一樣。他甚至還將箱子的鎖重新鎖上，讓人無法從外表看出任何異常。

「真抱歉，讓各位名偵探見笑了。在你們面前，我真的稱不上是沉穩和冷靜。」

諾亞第一個站出來，說：「以為十拿九穩的東西，往往存在最容易被人忽略的細節。」

「這不是經常有的劇情嗎？我們的真正挑戰，此刻才正式開始。」

米高說。

管家看着眼前這班人，與自己截然不同的是，遇見突發意外的時候，他們眼中沒有一絲氣餒，反而閃得更亮，像是發現了什麼真正的寶物似的。

在這羣偵探的心目中，「真相」才是真正的無價之寶。手稿不見了，意味着有一個「真相」等待他們尋找。

「前面。」莉莉並沒有解釋，然後她已經奪門而出，一邊跑一邊說：「他就往這邊走！」

眾人跟着莉莉所指的方向跑了上去。洞穴內只餘下莫雷一個人。莫雷蹲下來注視某些東西，當他抬起頭來的時候，卻發現大家都不見了。

「喂，你們……」沒有人聽見莫雷的聲音，因為他們早已遠去。莫雷只好急步跟上去，又凝視着自己手上的膠狀物體。

這……這恐怕……

莫雷知道了犯人是誰。

莫雷跟着大眾走去的方向，那裏只有一條黑漆漆的路。莫雷從石牆邊取了一支蠟燭，跟了上去。然後來到洞穴的出口，他便無法再前行了。

莫雷的眼前出現了三條路，左邊是他們剛來的路，然而那時候他們是跟着管家走的，也沒有注意到旁邊還有另外兩條路。

「大家在嗎？」莫雷放聲大叫，可是並沒有得到任何回應。他們幾個到底發現了什麼？又往哪條路走去？

不，他們可能分散不同路去追捕犯人了。莫雷直視着眼前的三個洞口，心中想像着各種可能的情節。他知道犯人是誰，也知道他不是個普通的人，犯人很了解偵探的心理，絕不會輕易地留下線索，每一個細節都可能是對方設下的陷阱。

莫雷從左邊的洞口開始檢查，那是他們來的路。莫雷用手上的蠟燭仔細地照明，希望從中找出犯人留下的蛛絲馬跡。莫雷不小心像是踩到什麼，他馬上蹲下來看。洞口邊居然有一把碎裂的鑰匙。鑰匙並不會被一腳踩碎，然而那是用蠟燭製成的鑰匙。

這時，老管家也趕了上來，看見莫雷手中的碎塊，問：「這是什麼？」

「這就是打開木箱，偷走手稿的道具。」

「什麼？這是鑰匙？不可能，木箱的鑰匙只有一把。」

老實說，木箱根本沒有起到保護的作用。要是犯人無法打開箱子，他也可以直接連箱帶手稿一同拿走，或者破壞箱子，拿走手稿。所以對於手稿而言，堅厚的石牆才是它真正的保護。

「木箱的鎖是最古老簡單的類型，只要用一支蠟燭，便可以輕易打開。」莫雷解釋道。在洞穴中，他們隨手便可以拿到蠟燭，可以用來製作鑰匙。

犯人用點燃了蠟燭慢慢地燃燒，融化成液體。然後將蠟燭油倒在匙孔中，小心地調整位置直到滿瀉。接下來，犯人只需要等待着，讓蠟燭油慢慢地凝固，形成鑰匙的形狀。最後，只要小心翼翼地轉動蠟燭鑰匙，便可以打開木箱。

「我在木箱的鎖上就發現有這種蠟膠，相信是犯人來不及清潔而留下來的。此刻，老管家終於明白犯人的手段了。然而另一個問題來了，為什麼犯人會將鑰匙落在這個地方？

鑰匙無疑是一種直接的線索，但也可能是對方故意留下的誤導。莫雷思考着，如果犯人知道他們會追蹤到這裏，並且他有足夠的時間設置陷阱，那麼最直接的方式就是使用一種看似明顯的線索來引導追蹤者走向錯誤的方向。

接着，莫雷又看向中間的洞口，那裏有好幾個明顯的鞋印。這個鞋印似乎比鑰匙更直接，因為它直接指示出有人走過這裏。但同樣的，這也可能是犯人的陷阱。如果犯人希望追蹤者跟隨他的腳步，那麼他可能在走向真正的逃脫路線之前，先走過這個洞口，留下一個誘人的線索。

最後，莫雷看向右邊的洞口，那裏什麼也沒有。這個洞口看起來最不可能，因為它沒有任何線索。但莫雷知道，這也許正是犯人希望他忽視的地方。如果犯人知道他會尋找線索，那麼他可能會選擇最不可能的路徑逃走，以此來避開追蹤。

莫雷無法得知其他人的選擇，然而看到這些小痕跡，他相信大家都無法得到一致的決定。

「阿爾弗雷德先生，你不是說只有一個入口嗎？為什麼這裏會有三個？」莫雷問。

「這個吧……『真理之島』確實只有一個入口，就是最左邊的進口。另外兩個並不是正式的入口，那是以前用來逃生用的緊急出口。」

「緊急出口?」莫雷揚起了雙眉，問道:「那另外兩個出口是通往什麼地方?」

「中間這個是通往岸邊，右邊這個是通往森……」老管家的話還未說完，莫雷便已經走進了中間的洞口。

莫雷一隻手拿着蠟燭，另一隻手摸着牆壁而行。在洞穴的盡頭似乎有微微的月光。現在已經是晚上了吧?身處真理之島的偵探們像是忘記了時間一般，一直追尋真相。

莫雷心中早已有答案，就算他看不見犯人，然而犯人的模樣和犯案手法，早已在他的腦海中重演千百遍。

沒錯，只有「他」，才能符合所有推測。

要是「他」的話，並不會做出假鞋印這種事，反而，毫無痕跡的洞穴更加可疑。然而來到最後一關的偵探都不是普通人，他們肯定會逆向思考。這正是「他」希望得到的效果，因此「他」才刻意把蠟燭鑰匙放在左邊的洞穴。

「他」真正想做的，並不是誤導偵探們，而是要偵探們在三個洞穴之中選擇，拖延追捕的時間。要是「他」真正的目的是拖延時間，說明「他」在趕時間，或者應該說……他希望儘快離開這裏。

這樣一來，那些所謂的「證據」都是迷霧，目的就是為了隱藏真正的真相——「他」希望前往的地方。

「他」一定會選擇乘船離開這個島。

莫雷終於走出了洞穴，前方不遠處的碼頭上，一艘小船正準備出海。

月光下，他可以看清那艘船的輪廓，以及船上的人。那人背對着他，身影健壯，他正忙着解開繫在碼頭的繩索。在月光之下，他的髮色顯得更銀、更白。

「艾倫，你被捕了。」莫雷心中並不願意這樣説，然而追尋真理就是偵探的天職。

艾倫聽到聲音，猛地轉過頭來。月光下，他的臉龐顯得有些驚惶，但他很快就恢復了冷靜，他把手上的繩索再次繫穩，跳下船，然後走到莫雷的身邊。

莫雷的手微微顫抖，他看着艾倫，感受不到一絲惡意，眼中充滿了疑惑和悲傷。他的喉嚨裏堵着一塊石頭，他想説些什麼，但他找不到合適的語言。

艾倫避開他的目光，臉上掛着一絲苦笑。他像是一個被困在黑暗中的人，尋找着光明的出口。過了好一會兒，艾倫才緩緩開口：「我在猜想，如果你在的話，有可能發現我的計劃。」

莫雷點點頭，說：「你當初不應該向我介紹你的新發明。」

「這個嗎？」艾倫從口袋中取出一個方型的儀器，正是莫雷那天在店裏看見的干擾器。

「對，你說它還未完成，可是它這次卻發揮了重大的作用。」莫雷苦笑兩聲。那時候，他在代表魔法師的房間內，房燈突然黑了，這恐怕就是艾倫使用干擾器的時刻，連他的房間也受到影響。

「的確是，它應該是一個更細緻、更精準的儀器。我想有朝一日，我能夠將這個儀器投入偵查的服務中。」艾倫就是利用這個儀器打開石牆的，就在眾人進入房間冒險的時候。艾倫從一開始就沒有打算合作找出石牆的鑰匙，他要比其他人更快找到機關，然後進入這石牆之內，偷走手稿。

莫雷在打開石牆機關的時候，發現牆邊有些塵灰，這正是不久前艾倫打開石牆所產生的。

「這是為什麼？以你的能力，即使要破解房間內的秘密，一點兒也不困難。」莫雷追問。艾倫沒有任何回答，他的眼神像是在說：即使我解釋了，你也不會懂。這正是老查理所說的，艾倫的唯一「缺點」，他不喜歡解釋。

「他不告訴你，便由我來告訴你。」一把沉穩而具有權威的聲音傳來。找到這個地方的不只有莫雷，還有另一個人，一個莫雷和艾倫也絕對意想不到的人。黑夜的混沌中切入了一道光。從洞穴走出來的那個男人，身影在月光中強烈而神秘。

——亞瑟．道爾。

12 銀髮的歷史

換言之，最先找到手稿的人
就是贏家，
不管他用了什麼手法。

亞瑟・道爾的出場使現場更具壓迫感。他緩緩地走向莫雷和艾倫的方向，壓迫感愈發強烈。莫雷心中千萬個疑問：亞瑟・道爾知道有關艾倫的事？他又為什麼會在這裏出現？

「這是一個關於真相與尊嚴的故事。」亞瑟説，他的聲音柔和而堅定。他從艾倫的口袋中取出了那份古老的手稿，艾倫並沒有拒絕。

亞瑟打開手稿，讓他的指尖輕輕觸碰着那些古老的字跡。他的心中充滿了敬畏，這些字跡不僅記錄了他們的歷史，也記錄了他們的榮譽。

「這手稿中，記載了很多人們希望知道的真相。」亞瑟繼續説：「你希望知道有關父親的事；艾倫希望知道家族的過去；莉莉也有她必須弄清楚的歷史真相……我知道，你們都帶着自己重要的原因而來的。」

重要的原因嗎……看來，亞瑟知道的比自己想像中還要多。他知道莫雷的目的，當然也知道艾倫的真正身分。

只是，亞瑟也不清楚，這件事該從何說起。畢竟這段過去，實在太過錯綜複雜，就連身為當事人的亞瑟，也不能三言兩語解釋清楚。

「這是一個教訓，」亞瑟說，他的眼睛閃爍着堅定的光芒，「我們不能忘記我們的過去，不能忘記我們的錯誤。我們必須記住這個故事，從中學習，從中成長。」

凱斯特家族，一個以推理著稱，世代繁衍的天才家族。他們的家族成員，從早期的偵探開始，便以其卓越的觀察力和推理能力而著名。這個家族的成員被賦予了神奇的銀白色頭髮，標誌着他們在推理和解謎上的稀有天賦。因此凱斯特家族被世人稱為「銀髮一族」。他們的故事，就像是一部精彩的偵探小説，充滿了驚喜和挑戰。

銀髮一族的起源可以追溯到幾個世紀前。那時候，他們的祖先是一個普通的家庭，但在一次意外的事件中，他們發現了自己的孩子擁有驚人的推理能力。這個孩子能夠輕易地解開最複雜的謎題，並且能夠精準地推理事情的真相。

在偵探公會未成立之前，銀髮一族幾乎就是偵探的代名詞。他們家族的成員在推理和偵探工作中有着傑出的表現，解決過許多複雜的案件，揭露了許多罪犯的真面目。他們的名字在偵探界具有重要的地位，他們的故事也被人們口耳相傳。

後來，隨着偵探公會的崛起，偵探的工作不再是獨立而孤單，而是一個有組織的行動。在一個風起雲湧的時代，偵探公會與銀髮一族曾經是並肩作戰的盟友。他們各自發揮着自己的力量，共同對抗罪惡和不公。然而，他們的道路最終產生分歧，成為對立的一方，原因卻充滿了誤會和遺憾。

偵探公會的宗旨，是以追求正義和維護社會和諧為己任的組織。他們堅信，為了社會的大局，有時候需要做出一些困難的決定，即使這意味着需要犧牲個體的利益。他們的理念是，一個和諧的社會需要有規則和秩序，而維護這種規則和秩序，就需要有人願意承擔責任。

而銀髮一族，他們是一羣專注於追求個體正義的偵探。他們堅信，每一個生命都是獨特的，都值得尊重和保護。他們認為，真正的正義不只是關於社會的大局，更是關於尊重和保護每一個人的權利。

這種衝突在一個名為「破曉之影」的案件中到達了高潮。當一個充滿謎團的案件出現，偵探公會為了維護社會的穩定，選擇了快速解決這個案件，這也意味着壓制了銀髮一族對於真相的追求。這個決定引發了雙方的衝突，並最終導致他們反目。

但真相總是善於藏匿。在這個案件的背後，其實隱藏着一個更大的秘密。銀髮一族的堅持並非出於對抗，而是為了尋找真相，他們相信，只有真相，才能帶來真正的正義。

而偵探公會，他們最初的決定並非出於對銀髮一族的敵意，而是出於保護社會的責任。他們認為，如果讓這個案件的細節公諸於眾，可能會引起社會的恐慌和混亂。

在這個案件中，艾倫的爺爺被指控犯罪。儘管證據顯示他是無辜的，但公會堅持要進行公正的審判。凱斯特家族認為，公會這樣做是在攻擊他們的家族，因此決定與公會對抗。

艾倫的爺爺在這宗案件中，嚥下了他最後一口氣。他的死亡，加深了銀髮一族與偵探公會的矛盾，也為艾倫留下了一個沉重的遺志。

艾倫的父親，對偵探公會的行為滿懷怨念。他認為，偵探公會為了維護社會的大局，犧牲了他們一族的名譽，並導致了他的父親死亡。他認為，偵探公會就是他們的敵人，盡其一生都在打擊偵探公會，這反而加深了兩者之間的矛盾，使銀髮一族受到更大的打壓。

在「破曉之影」案件以後數十年，銀髮一族的故事像是突然在人們心目中消失了一般，現在新一代的偵探有的甚至沒有聽過這個家族的事。

銀髮一族曾經風光過數十年，也標誌着一個時代的偵探，卻在「破曉之影」案件以後迅速沒落。艾倫是銀髮一族的唯一倖存者，他不像父親般對偵探公會存有惡意，艾倫的真正目的，是為了追尋真相。他相信銀髮一族的過去與公會之間的矛盾，是有人、甚至有個組織在從中作梗。艾倫希望透過手稿的內容弄清真相，還銀髮一族一個清白。

「凱斯特……」莫雷的父親曾經提及過「凱斯特家族」的事情，他在那場意外發生之前，他的父親似乎就是在調查相關的事情。年輕的莫雷曾經想幫助父親，然而父親神色凝重地告訴他，絕不可以插手這件事。

雖然莫雷並不知道真相，但是他的直覺告訴他，凱斯特家族的事情與自己父親的死，或者多多少少存在一定的關連。

「我想，你並不是回來復仇的。」亞瑟直視着艾倫的反應。他在偵探公會宅邸大廳看過這個少年的身手，以及他的銀髮後，便猜到艾倫的身世。經過調查後，他知道艾倫已經知道自己的過去。儘管老查理從來沒有跟他提起過銀髮一族的事，然而像艾倫這樣的推理天才，早已意識到自己的不平凡。

艾倫點點頭，並沒有直接回答他的問題，反而說：「凱斯特家族身上流淌的血液，並不是為復仇而生，而是為追尋真相。」

亞瑟滿意地點點頭，這年輕人終究繼承了銀髮一族的意志。他知道偵探公會和銀髮一族的恩怨，早就應該結束了。他在艾倫身上見到希望，他是一個沉實而冷靜的少年，他會找到事實的真相，也會明白偵探公會的苦衷。

「那手稿，是屬於找到它的人吧？」黑暗中傳來一把響亮的女聲，是莉莉，她居然也找到了這個地方來。

「現在有人偷走了手稿，又有人找到了小偷。」莉莉雙手交叉在胸前，帶點生氣地問：「你告訴我，這手稿應該是屬於誰的？」

三個男人對視了一眼，並沒有說話，莉莉說出了真正的問題。第一個打破沉默的人是莫雷：「名偵探公會似乎沒有公佈，這最後一關的真正規則？」

換言之，最先找到手稿的人就是贏家，不管他用了什麼手法。亞瑟看着眼前的莫雷，莫雷也有自己希望知道的真相，但居然願意成全他人，把手稿讓出。這個人的風範，頗有當年莫雷父親的影子。

莫雷看着亞瑟，亞瑟微笑着點點頭，同意了莫雷的做法。

夜色中，艾倫站在小船的甲板上，看着他即將離開的地方。月光照在他的臉上，讓他的臉龐顯得有些蒼白。他的眼神充滿了疲態，但也有着一種堅定的光芒。

隨着一聲低鳴，小船緩緩地開始移動。艾倫站在甲板上，他知道，他的旅程才剛剛開始。莫雷和亞瑟站在岸邊，看着他遠去。莫雷憋不住，高聲問道：「你打算到哪裏去？」

「我自深淵來，自當前往深淵處。」

小船在月光下漸行漸遠，最後消失在遼闊的海平面上。沉默的夜晚，只有海浪拍打岸邊的聲音。夜色中，一個人的旅程才剛剛開始。

13 父親的故事

莫雷站起身來，

面對着這個他即將離開的偵探之城，

他的眼中閃爍着堅定的光芒。

莫雷打開了老查理店裏那扇熟悉的門，他看見老查理坐在工作台後面，充滿皺紋的臉上閃爍着慈祥的光芒。他走過去，坐在老查理的身後默不作聲，深深地看着老查理。他的目光帶着尋求，也帶着期待，希望從這個老人的口中，聽到他父親的故事。

老查理看着他，眼中的笑意逐漸淡去，變成了一種深沉的理解。他知道，這個年輕人來這裏不只是為了慶祝他的勝利，更是為了找尋他父親的影子。

「我有一個消息要帶給你。」莫雷沒有詢問父親的事。

「你見到那臭小子了嗎？」老查理沒有直接回答，反問莫雷。莫雷輕輕地點點頭，老查理對於人情世故很熟悉。

「這小子，早就知道他早晚會離開這破爛的店。」老查理強壓下心頭的情感，略帶勉強地笑了笑，隨即問道：「他沒有釀成什麼大禍吧？」

莫雷搖搖頭，說：「沒有，他很優秀。」

銀髮一族的血液中，流着天生的推理本領。或許老查理早已看穿這一切，或許正因為他看穿了，才把這個孩子留在身邊，將所有的知識都傳授給他。

莫雷凝視了老查理的表情好一會兒，又接着說：「他說，他會回來探望你的，請你好好保重身體。」

「哼！」老查理滿臉鄙視地說道：「他不在，終於沒人來氣我了，我的身體比以前更好。」

莫雷並未反駁，緩緩地沉默了片刻，才說：「我並未在比賽中獲勝。」

他倆坐在那裏，時間彷彿就在那一刻凝固了。老查理曾經對莫雷說過，只要他在比賽中勝出，就會告訴他關於他父親的故事。而現在，莫雷卻輸了。從某種程度上看，他確實是輸了。然而，老查理的真意並非僅僅在於比賽的勝利，他只希望莫雷能夠全身心地投入到比賽中，享受比賽帶來的快樂，而不是分心於獲取他父親的真相。

老查理的眼角微揚，彷彿在微笑，但又帶着一絲不易察覺的哀傷。他看着莫雷，看着這個他視如己出的孩子，心中充滿了矛盾的情緒。他既希望莫雷能夠了解他父親的一切，又害怕這個真相會讓他承受太大的壓力。

莫雷的臉上掛着失落的神色，他在比賽中落敗，失去了得知他父親真相的機會。老查理看着他，心中的矛盾情緒逐漸平息。他知道，他不能再隱藏他父親的真相了。他要信任莫雷，相信他有能力承受這個真相。

「你已經接受了足夠的考驗。」老查理的臉上泛起了笑容。聽到這一句，莫雷露出了不敢置信的表情。

「你父親的一生，就是活着的傳奇……」老查理徐徐說出了莫雷父親的故事。

莫雷的父親名叫托馬斯．戈爾，是一位享譽全球的偵探，他的故事充滿了驚險、智慧與勇氣。

托馬斯．戈爾出生在一個小鎮，從小就展現出與眾不同的觀察力和理解力。他總是能在眾多細節中找出關鍵的線索，並以此解開看似複雜的問題。他的這種天賦，讓他在很年輕的時候就開始參與各種偵探工作。

年僅十七歲的托馬斯・戈爾，就挑戰了當時全城最複雜的懸案——「紅色信條」連環殺人案。這起案件在當時引起了極大的社會恐慌，因為犯罪者的犯案模式難以捉摸，總是在犯罪現場留下一封紅色信條，預告下一宗案件發生的時間。托馬斯憑藉他敏鋭的觀察力和深入的心理分析，成功找出了案件的破綻，並在最後一刻捉住了犯罪者。從此以後，托馬斯這個名字便迅速傳遍全城，成為當地的英雄。

托馬斯是一個不按牌理出牌、獨具一格的偵探，他並不喜歡遵循固定的規則和方法，而是喜歡按照自己的直覺和觀察行動。他經常會在案件中發現一些其他人忽視的細節，並以此找出破案的關鍵線索。

他這種獨特的破案方式，雖然有時會讓他陷入困境，但更多的時候卻讓他成功解開了許多棘手的案件。

托馬斯的個性直率、熱情，他對真相的追求和對公正的執著，都讓人們對他充滿了敬意和尊重，被譽為世上最聰明的三位偵探之一。因為他總是選擇獨處，追尋真相，不追求名利，人們尊稱他為「孤狼」。

托馬斯非常享受獨處，他認為這是他思考和找出線索的最好時刻。他的獨處並不是孤獨，而是一種專注和思考的狀態。他的獨立與堅韌，讓他在解決最困難的案件時，能夠保持清醒的頭腦和冷靜的判斷。

在二十年前，托馬斯接受了偵探公會的領導人亞瑟．道爾的請求，展開了爆炸事件的調查。亞瑟請托馬斯追蹤有關銀髮一族的線索，揭示了一個深藏於黑暗中的恐怖組織。然而，當他準備進一步深入調查並揭示真相時，卻遭遇了不幸的事故。

「銀髮一族……恐怖組織……」莫雷將這兩個重要的名詞深深刻在腦海之中。當他想詢問更多的時候，老查理也無法告知。然而在隱約之間，莫雷感覺到這案件應該跟偵探公會也有很大的關係。要是這樣的話，莫雷希望知道更多父親的事情，就必須展開對偵探公會和那恐怖組織的調查。

他的內心充滿了震驚和悲痛。他從未想過，那個他一直以來尊敬並視為榜樣的父親，是在追尋真相的路上遭遇不幸。這麼多年來，莫雷心裏始終堅信，那場火災絕不是一場意外，而是有人精心策劃。

這班人十分狡猾，就連他的父親也沒有察覺這些人的意圖。莫雷知道，他不能就這樣讓父親的努力付諸流水。他必須接過父親未完成的使命，繼續追尋那個恐怖組織的真相。

在與老查理的對話結束後，莫雷站起身來，面對着這個他即將離開的偵探之城，他的眼中閃爍着堅定的光芒。

「查理，謝謝你。」莫雷說，他的聲音堅定而沉穩。「我的父親是一個了不起的偵探，我希望我能跟他一樣。我會繼續他的使命，揭開那個組織的真相。」

老查理點點頭，他的眼神充滿了肯定和尊重。「我無法阻止你，但你的父親一定會為你感到驕傲的。」他說：「他的遺志將會在你身上繼續下去。」

老查理欲言又止，他深思了好一會兒，徐徐地說：「這個……我不知道是否應該告訴你，因為這只是我的猜測。」

「你想說，害死我父親的兇手，就在名偵探公會中。」老查理瞪大雙眼看着眼前這個年輕人，這才注意到他雙目透光，彷彿能看穿一切，像是他的父親一樣。他沒想到，只是聽到片面的陳述，莫雷已經心裏大概知道事情的真相。

「這……這只是……我並沒有實際的證據。」老查理說。

「無論如何，要知道父親的過去，我必須加入偵探公會，還要找到當年被抹去的歷史。」經過艾倫的事情後，莫雷發現名偵探公會比自己想像中更複雜，像銀髮一族這種歷史，居然也能在短短二十年完全銷聲匿跡，這代表有更多真相，仍未被大眾知道。

老查理聲音有些沙啞地說：「我想要你去找一個人，他可能知道你父親的事情。他的名字叫做菲利普．哈特曼，一位在商界極具影響力的富翁。」

莫雷緊皺着眉頭，他聽說過這個名字，依稀記得他是個大慈善家，「我會去找他的，謝謝你。」

「一路順風，」老查理說，他的聲音滿載着祝福與期待，「我相信，你會找到真相的。」

莫雷向老查理鞠了一躬，然後轉身離開。他知道，他的旅程才剛剛開始，還有很長的路要走。然而，他也知道，只有這樣，他才能找到當年那場災難的真相。

名偵探莫雷的大格言

1 每個線索都像拼圖的一塊，就算再小的細節，也可能是破案的關鍵。

2 不要輕易下定論，真相總是藏在你意想不到的地方。

3 犯罪者的動機是案件的靈魂，只有理解他的心，才能破解他設下的陷阱。

4 對於偵探而言，最重要的品質是堅持不懈，直到找到真相為止。

5 最好的偽裝往往是最簡單的真相，我們需要敏銳地捕捉這些細微的變化。

6 我們追求的不僅僅是真相，還有那背後的公平與正義。

7 偵探的工作就像是在黑暗中摸索，只有堅定的信念，才能照亮前方的道路。

8 敢於質疑一切，永不妥協，那就是偵探的精神。

9 尋找真相的過程有時候比真相本身更加重要。

10 真相可能會讓你感到痛苦，但只有透過面對它，你才能從中學習。